リカバリー・カバヒコ

青山美智子

Michiko Aoyama

光文社

リカバリー・カバヒコ

目次

装 画　合田里美
装 丁　bookwall

第1話
奏斗の頭

6を、8にした。
1を、9にした。
世界が変わった。ほんの数秒で。
僕は赤い水性ペンのキャップをしめる。
61点だった英語のテストは、これで89点になった。
こうやって現実を書き換えて、こっちのほうが本当の僕にふさわしい気がした。だから
いいんだと自分に言い聞かせる。
だって僕は、こんなバカのはずがない。

去年、中学三年生の夏に父さんが「家を買うことにした」と言った。

「新築マンションだぞ。奏斗(かなと)も嬉(うれ)しいだろ」

夕食時にそう笑う父さんはいつもよりも声がちょっと高くて、とても誇らしげだった。

ビールの泡が、唇の端(はし)にくっついていた。マイホームを持つというのが、長年社宅住まい

を続けてきた父さんの夢だったのだ。

それまで住んでいた家から電車で一時間ほどの、都心寄りの駅名を父さんは告げた。電機メーカーの工場が取り壊されて、跡地に新しく五階建てのマンションが建設されることになったと母さんが補足した。

父さんと母さんが決めてきたというその部屋は一階で、マンションでありながら庭があるというのもポイントだったらしい。ガーデニング好きの父さんにとって土いじりができることは必須条件で、中古の戸建てを探していたところにこの物件と出合ったのだという。駅からも近いし、周辺はスーパーや飲食店が充実しているし、予算も立地も希望にかなっていて言うことなしだとふたりは喜んでいた。

アドヴァンス・ヒル。そんな仰々（ぎょうぎょう）しい名前の新築マンションは三月に完成予定で、僕は中学卒業と同時に引っ越すことになった。

それまで僕は、郊外にあるのんびりした街の公立中学に通っていた。そして自分で言うのもなんだけど、優等生だった。

中学生活はゆるかった。ぬるかった。正直、たいして勉強した覚えはない。授業をちゃんと聞いてさえいれば、テスト前に教科書をめくると、だいたいここが出るだろうな、というのがなんとなくわかった。与えられたプリント課題をちゃんと提出していれば、通知表には5が並んだ。

授業中、小さな紙きれに何やらこそこそ書いて交換したり、だらしなく眠ったりしているやつらを見ると、どうして彼らが僕に対して「頭がいい」なんて羨望やら嫉妬やらしてくるのかわからなかった。おまえら、成績悪くたってあたりまえじゃんか。

都心近くに引っ越すことになったのも後押しして、僕は都内の進学校を受験することに決めた。

この学校を受験した生徒は、僕と同じ中学にはひとりもいない。面談で担任の先生が「奏斗君なら推薦でいける」と言ってくれたときの、母さんの満足そうな笑みを見て僕も嬉しかった。

そして僕は推薦入試になんなく合格し、年内に早々と受験から解放された。

小学校から通っていた塾をやめ、年末年始は漫画を読んだりゲーム三昧で過ごした。父さんも母さんも、僕がどれだけ遊んでいようが何も言わず、ふたりで楽しそうにカーテンや家具を見に行ったりしていた。

卒業が近くなると担任の先生が僕に「みんなと離れちゃうのはさびしいな」と言った。でも、そのことについて僕は何も感じなかった。適当に仲良くしてるふうなクラスメイトはいたけど、心を開けるような友達は僕にはいなかったように思う。なんとなく身の置き場がないというか、「話せる」ヤツとは出会えなかった。

離れてさびしいなんて思うことも、誰かに思われることもきっとなくて、だからどちらかというとさっぱりした気分だったのだ。

新しい家、新しい生活。僕は希望を胸に高校に入学した。やっと話の合う、僕にぴったりの友達ができるに違いないと思った。

だけど、新学期が始まってすぐ、僕はどこにも分類されないことを知った。

ルックスが良くてキラキラした連中とは交われず、やたら理屈っぽい声の大きな輩（やから）には近寄りがたく、無言で参考書と首っぴきのガリ勉とも話しづらくて、ここでもやっぱり僕は身の置き場を見つけることができなかった。これなら、中学時代ののほほんとしたクラスメイトのほうがまだ話せたような気がする。

そして何よりも……中間テストを受けて、大打撃を受けた。

まず、問題の数が多い。時間内に全部解けない教科もあった。出題傾向もずいぶんとひねられていたし、さらに、授業ではやらなかったような内容も出たのだ。先生曰（いわ）く「一般教養として知っておくべきこと」も含まれていたとかで、なんなんだ、それは。

テスト明けの授業で返された答案用紙はことごとく低得点で、僕のプライドはズタズタだった。そして数日後、すべての点数と個人順位が書かれた成績表の細い紙きれを渡されて愕然（がくぜん）とした。

四十二人中、三十五位。

今まで、一桁の……それもおおよそ三までの数字しか受け取ったことがなかったので、本当にびっくりした。こんなの、初めて見た。

おかしい、僕がこんなにバカのわけがない。

こんなもの、母さんには見せられなかった。しらばっくれていたらさすがに「テスト、どうだったの」と訊かれたので、やむなく答案用紙だけまとめてばばっと見せた。順位のついた成績表をもらっていることは、言わなければきっとわからない。

答案用紙の点数を見た母さんの眉間の皺は深く深く刻まれ、僕はその溝に落っこちてしまいそうで、あわててこう言った。

「平均点が低いんだよ」

母さんの皺が若干、浅くなった。

「すごく難しくてさ。みんなヒーヒー言ってた」

嘘だった。平均点をかろうじて上回ったのは得意の英語だけで、他の教科はほとんど届かなかったのだ。

「初回はそんなもんだよなあ！」

父さんがとりなすように言った。そしてホームセンターで買ってきたという肥料の話を持ち出してくれたおかげで、母さんは僕に答案用紙を戻し、父さんと話し始めた。

父さんは僕を救出してくれたというより、たぶんどうでもいいのだ。昔から、僕の成績のことに……というより僕にはあまり関心がなさそうで、いつもにこにこしているけど特に褒めてくれるわけでもない。ただ、話をそらしてくれてとりあえず助かった。

期末テストでがんばればいい、なんて思っていたけど、それから僕は、すっかりやる気をなくしてしまった。

えらいところに来てしまった。もう圧倒的にみんなと差がついていて、今さら追いつくのは無理だろう。中学の頃みたいに、授業さえ聞いていればいいというわけではなさそうだった。

もっとも授業にしたところで、レベルの違いを感じていた。進むスピードが速いし、先生に指名されても僕には答えられないことが多かった。口をつぐんでいる僕にしびれを切らした先生が、次の生徒を当てる。その子がさらっと正解を言ったりすると、僕は本当に消えたくなった。

そんな気持ちで勉強に身が入らないまま、一昨日（おととい）、期末テストを終えた。

僕は頭を抱える。中間テストよりもできなかったと思う。自分以外がみんな天才に見える。みんな余裕の顔してる。

また順位のついた成績表が出るまでの数日を待つのが、受験の合格発表のときよりもこわい。

昨日、英語の授業で返ってきた答案用紙。

61点。平均点は62点だった。唯一の得意科目でとうとう平均点を超えられなかったのだ。

驚愕や落胆というよりも呆然(ぼうぜん)としてしまい、体が固く動かなかった。

帰宅してすぐ、母さんに「テストって、いつ返ってくるの?」と言われてうろたえた。

中間テストのときにいつまでも見せないでいたから、今回は先に催促してきたのだろう。

それで僕は、自分の部屋で赤ペンを手に取ったのだ。

6を、8にした。

1を、9にした。

「英語だけ返ってきた」と言って、点数のところだけパッと見せた。

89点の答案用紙。

「平均点は62点だったよ」

はっきりとそう告げる。それは嘘じゃないから堂々とした声が出た。

母さんは目を細めて言った。

「やっぱりすごいわねえ、奏斗は! がんばったね」

「うん、まあ」

そう答えながら、苦い薬を飲んだときみたいに、口の中がしびれていた。

僕は心で叫んでいる。どうして、どうして?

どうして僕は、バカになっちゃったんだ……?

学校からマンションの最寄り駅に着くと、そのまま家に帰る気になれなくて、ちょっと遠回りした。

大通りからそれて裏道を通ると、住宅街に入り込んだ。家々が立ち並ぶ中、年季の入った一軒家の一階に小さな店があった。赤い庇(ひさし)に「サンライズ・クリーニング」という文字が白抜きされている。店の前にはドリンクの自動販売機があり、ガラス張りの店の中では蛍光灯がびかびかと光っていた。

その先を進んでいくと、団地の群れが僕を迎えた。古びたベージュの建物にはそれぞれ、大きく数字が張り付いている。もう夕方だというのに、ベランダの手すりにはいくつか、まだ取り込まれていない布団がかけられていた。

細い遊歩道を進んでいくと、団地に囲まれるようにして小さな公園が見えた。入口には「日の出(ひので)公園」と彫(ほ)られた灰色の石板がある。

砂利(じゃり)が敷かれた園内には、狭いながらもいかにも公園らしいアイテムが設置されていた。ブランコ、すべり台、砂場、ベンチ。

僕の他には誰もいない。ベンチで少し休もうかと思って入っていくと、すみっこにいる動物っぽい姿に気づいた。

カバだった。それも、ぽつんと一頭だけ。

ただ乗るだけの、よくあるアニマルライドだ。茶色に近いようなくすんだオレンジ色で、それもところどころ塗料が剝げている。地のコンクリートがむき出しになってまだらな灰色になっていたが、カバなので違和感はない。

楕円の大きな瞳はちょっと上目遣いで、黒目も部分的に剝げているせいでなんだか漫画みたいな涙目に見えた。口がにいっと横に大きく広がり、端っこが上がっている。上向きの鼻は盛り上がった丘のてっぺんに離れて鎮座し、なんとも間の抜けた、あきれるほどのんきな表情だった。

近づいてよく見ると、後頭部に太い黒のマジックで「バカ」と落書きされている。カバだからバカって、安直な悪口。乱暴な書きなぐりに心が痛む。

なのにそのカバは、バカって書かれてるのに笑ってる。後頭部だから自分では見えないのかな。そんなふうに言われてるって、知らないのかな。

僕はなんだかせつなくなってきて、その「バカ」を指でごしごしとこすった。油性マジックで書かれたであろうその文字は、そんなことぐらいで消えるはずもない。

リュックからペンケースを出し、消しゴムをかけてみたがやっぱりだめだった。ぼろぼろとカスが生まれるだけで、バカは変わらずしつこくそこに居座っていた。

そうなると、どうしてもどうしても、この落書きをなんとかしたくなった。バカなんてレッテルを貼られたまま、動けないでいるカバが自分みたいに思えたからだ。

この塗料と同じような色で上から塗りつぶせばいいんじゃないか、と思いつく。たしか、中学の頃プラモデルに使ったオレンジ色のラッカーが家にあったはずだ。

「明日、持ってきてやるからな」

僕は声を出して、カバに話しかけた。

ずんぐりむっくりのカバは、僕を見上げている。涙目のまま、へろっと笑って。


翌日も、僕は学校が終わると公園に直行した。リュックの中にはオレンジ色のラッカーが入っていた。

足を踏み入れると、先客がいたのでびっくりした。制服姿の女の子が、勢いよくブランコを漕（こ）いでいる。白いブラウスの胸元に揺れる水色のリボンを見て、僕と同じ高校だと気がついた。

遠くを見つめながら頬を紅潮させ、わずかにほほえんでいるような表情。その顔に見覚えがある。

同じクラスの、たしか雫田（しずくだ）さんだ。話したことはないし、下の名前も忘れてしまった。でも赤茶色のくせっ毛はなかなか目立ったし、大きくてハスキーな声も特徴的で印象に残っていた。

引き返そうとしたとき、雫田さんがぱっとこちらを見て、目が合ってしまった。そしてどうしてなのか、わあっと笑った。まるでずっと前から親しくしてるみたいに。

ちょっとドキッとした。それで僕は立ち去ることができなくなって、ぺこっと小さく会釈だけした。

雫田さんはゆるやかにブランコを止め、座ったまま言った。

「宮原(みやはら)奏斗じゃん！」

またドキッとした。フルネーム、ちゃんと覚えていてくれたなんて。

「なんでこんなとこにいるの？　え？　家、近所？」

「あ……うん。アドヴァンス・ヒルっていうマンション」

「知ってる知ってる！　高台に新しくできたマンションだよね。そっか、そうなんだ」

ブランコからひょいっと飛び降りると、雫田さんは僕のほうに向かって歩いてきた。つられて、僕も歩み寄る。

「私、子どもの頃からそこの団地に住んでるの。6号棟」

彼女の指さした6号棟の建物は、公園に面していた。どう会話すればいいかわからなくて、僕は「ブランコ、好きなの？」と、トンチンカンなことを訊いてしまった。

雫田さんはまじめな顔で宙を見る。

「うーん、なんていうか、放電と充電？　いろいろ、煮詰まっちゃうときがあるからさ」

　放電と充電？

　意味がわからず返答に困っていると、雫田さんは公園の隅に体の向きを変えた。

「カバヒコ～」

　雫田さんは飼っている猫や犬に対するみたいに、そう呼びながらカバに寄っていく。

「カバヒコ？」

　僕が訊くと、雫田さんはうなずいた。

「うん。この子の名前」

　雫田さんは僕のほうに顔を向ける。

「カバヒコってね、すごいんだよ。怪我とか病気とか、自分の体の治したい部分と同じところを触ると回復するって言われてるの」

　驚いた。このみすぼらしいカバに、そんなご利益があるなんて。

　すっと人差し指を立て、雫田さんは言った。

「人呼んで、リカバリー・カバヒコ」

「リカバリー？」

「……カバだけに」

　ぼそっと言った雫田さんの声に、僕はハ、と息を吐く。面白かったのではなくて、脱力したのだ。

雫田さんはのんびりと言った。

「このあたりだけの都市伝説みたいなもんでさ。私も子どもの頃からなんとなく知ってて、サンライズ・クリーニングのおばあちゃんもカバヒコの腰をなでたらヘルニアが治ったって言ってたよ」

サンライズ・クリーニング。さっき通ってきた、あそこか。

僕はちょっと公園を見回す。

日当たりの悪い、夕暮れの公園には誰もいない。僕の怪訝（けげん）な顔に気づいたのか、雫田さんは首を回す。

「まあ、特に世間で話題になったりしないけどね。しょせん科学的根拠なんかないし、こんな地味な公園のぱっとしないカバだし」

たしかに、その手の話として知れ渡るには、本体も場所も盛り上がりに欠ける。わざわざここに来ても他に楽しめそうなこともないし。

でも……いいことを、聞いた。

僕はバカを治したい。またみんなに「頭いいね」って言われたい。

雫田さんはカバヒコの前でしゃがんだ。昔からここにいる彼女にとって、カバヒコはなじみ深い存在なのだろう。

「美人になりますように」

カバヒコの顔をなでながら、雫田さんは言った。

「そういうのにも効くんだ？」

それは「回復」ではなく「願望」では。そんなことを心に秘めながら僕が言うと、その意を読み取ったのか雫田さんは立ち上がり、手をグーにして叫んだ。

「だって私、小さい頃、すごい可愛かったんだよ。四歳のとき、お母さんと道を歩いていてモデル事務所からスカウトされたくらいなんだから」

「へえ……」

「ほんとだってば！　今、こんなんだけど……」

雫田さんは唇を尖らせてうつむいた。

こんなんって。こうしてちゃんと見ると、けっこう可愛いと思うけどな。

僕が再び心に秘めたその意は、たぶん彼女には読めないままだ。雫田さんはカバヒコの頬をなでまわす。

「顔面修復、たのむよ、カバヒコ！」

僕も調子を合わせて、カバヒコの頭に手をやる。

「頭脳修復、たのむよ、カバヒコ！」

「ずのう？」

おかしそうに雫田さんは笑う。空気がやわらかくゆるんで、僕はなんだか、久しぶりにほっとした気持ちになった。

今までこんがらがっていた糸がするするとほどけていくように、僕は想いを口にした。

「中学のときはわりと優秀だったんだけどな。中間テストできなくてびっくりした。期末テストも難しかったから、まったく自信ない。地理なんてすごい範囲広かったし」

「地理は私もめっちゃ苦手。ひたすら覚えるの苦しい。私、どっちかっていうと理系なんだよね。入学式の日、担任の矢代先生が地理って聞いて、うわーって思った」

顔をしかめながら雫田さんは言う。

フランクに話ができる同級生がやっと現れた。お互いに「勉強ができない」ってことを分かち合うっていうのは、まあ、僕が理想としていたのとはちょっと違ったけど。

「でも、宮原くんって英語得意じゃん？　発音めちゃくちゃいいし」

それはそう……そうなんだけど。

「でも僕、こないだの中間テストではクラス順位五位以内にも入れなかったから。中学の頃はわりといつも、一位取れてたんだけど」

そう言ってしまった瞬間にすぐ、逃げ出したくなるぐらい恥ずかしくなった。

なんという壮大な見栄だ。この言い方って、まるで中間テストが六位とか七位だったみたいなニュアンスだよな。みっともない。雫田さんに対してカッコつけて、過去の栄光にしがみついて、優等生を装って。

鼻もちならない僕にあきれていないかと身構えたが、雫田さんは気にするふうでもなく、

「私なんて十位以内にも入ってないよ！」とカラカラ笑った。

そしてカバヒコの背に腰かける。スカートから投げ出された足がまぶしくて、僕は目をそらした。

雫田さんは髪の毛の先をいじりながら、ひとりごとみたいに言った。

「ランキング出すのって、残酷な話だよねえ。クラスの四十二人で一斉に同じことしたら、誰かは四十二番なわけだよね。毎回、絶対にいるんだよ。消せないんだ、その席は」

三十五位という結果を受け取ったとき。

僕は少しだけ、思ったのだ。後ろに七人しかいないって。でも、まだ七人はいるんだって。まだビリではないってことに、ちょっとだけ安堵したのだ。

でも今度はわからない。その消せない四十二番の席に、僕が座るのかもしれない。

雫田さんは続ける。

「でも順位なんてさ、いつだって、狭い世界でのことだよ」

僕はカバヒコの頭のそばに立ったまま、雫田さんを見た。

いつだって。その言葉がなんだか胸を突く。

「たとえば陸上のオリンピック選手って、それはもう、そこに出てるだけでめっちゃすごいんだけどさ。だけど、ホントのホントに世界一なのかって言ったらわかんないじゃん。

電波が届かないくらい人里離れた山奥に住む少年のほうが足速いかもしれないよね」

「それ、どこの国?」

「わかんない、ただのイメージ。でもその少年は、ただ走るのが好きで、大好きで、競争なんてどうでもいいんだよ。称賛なんかされなくても、有名にならなくても」

僕は雫田さんのイメージに乗っかって、その少年を思い浮かべた。半裸で、裸足(はだし)で、いつも野山を駆け回っていて。そんなすばしこい少年が、たしかに存在する気がした。

彼はただただ、走るのだ。

自分が本当の世界一足が速い人間だなんて知らずに。そもそも、そんなことはまったく求めずに。

ふと、人気の漫画にそういうキャラがいたのを思い出す。

『ブラック・マンホール』という、アニメ化もされたコミックだ。下水道に住むモンスターの話で、その中に、テラというめちゃくちゃ足の速いキャラが出てくるのだ。彼は誰と競うわけでもなく、無心のままにすごいスピードで走る。

「テラみたいだな。ブラマンの」

「ブラマン? ああ、『ブラック・マンホール』だっけ。テレビでアニメやってたから知ってるけど、読んだことない。面白そうだよね」

雫田さんはそう言いながら、腕時計を見た。

「さて、私、そろそろバイトの時間だから行くわ」

「バイトしてるの？」

「うん、お好み焼きニッコーっていうお店で。楽しいよ」

うちの高校はバイト禁止ではないけど、やるなら届け出が必要だったはずだ。

こんなふうに適当に遊んでバイトして、雫田さんは高校生活をエンジョイしている。

立ち上がるとき、雫田さんがカバヒコの後頭部に目をやり「あ」と声を上げた。

「ひどいな。バカって書かれてる」

僕も一緒に、その文字をのぞきこむ。

「そうなんだよ。こすってみたけど、油性ペンみたいで消えなくて。上から塗ればいいかなと思って、プラモデルに使う塗料、似たような色を持ってきたんだけど」

僕はリュックからラッカーを取り出した。透明のボトルから見えるそのオレンジ色は、カバヒコと合わせてみるとずいぶんと明るかった。これだと、逆にそこだけ目立ってしまいそうだ。それに。

「………上から何か塗ったって、その下にバカがあると思うとちょっとせつないな」

僕はそう言って、ラッカーを下げた。

消すのと、隠すのは違うのだ。そうやってごまかしても、なかったことになんてならないのだ。

雫田さんが首をかしげる。

「ネイルの除光液で消えるかな。私、今度持ってこようか」

「でも、下の塗料も消えちゃうかも。これ以上はげちゃうのもかわいそうだし」

「だよね。みんなにさんざん触られたうえ、ほっとかれてるのに」

雫田さんはカバヒコをなでた。

それは自分の願いを叶(かな)えるためではなくて、カバヒコに対するまぎれもない親愛の情によるものだった。

いいヤツだな。

そう思ったら雫田さんがふとこちらに顔を上げ、僕の気持ちをなぞるみたいに「宮原くんって、いいヤツだな」と言った。ほわっと心が明るくなって、僕の口から自然に言葉がこぼれ落ちる。

「……ブラマン、貸そうか？」

雫田さんが「ほんとに⁉」と目を輝かせた。

ブラマンなら、既刊はすべて持っている。二十巻を超えるので、分けて貸すことにした。まずは明日の金曜日、週末楽しめるように五冊持って行くと約束をした。

「いいの？　うわ、楽しみ」

雫田さんは軽く足踏みしながら笑う。

僕のほうこそ、足をばたばたさせて喜びたい気分だった。

雫田さんは僕の友達になってくれるかもしれない。高校に入って、初めての。


マンションに帰ると、エントランスで親子連れと一緒になった。

五歳ぐらいの女の子と、そのお母さんだろう。何度か見かけたことのある、このマンションの住人だ。

お母さんが、僕に「こんにちは」と軽く笑顔を傾けてくれた。

「みずほ、ちゃんとご挨拶して」

みずほと呼ばれた女の子は、僕に向かってぴょこんとお辞儀した。

「こんにちは」

「あ、こんにちは」

僕もふたりに頭を下げる。

みずほちゃんは、ピアノの鍵盤(けんばん)がデザインされたトートバッグを持っていた。ピアノ教室から帰ってきたところだろう。エレベーターに向かっていくお母さんが「いっぱい練習したから、今日はよくできたね」と言っているのが聞こえた。

一階の僕は、そのまま通路へと進む。

なつかしいな。

僕もあんなふうにトートバッグを提げて、幼稚園の年長から英会話スクールに通っていた。もちろん鍵盤ではなく、「HELLO ENGLISH」と印字されていたと思う。

母さんに勧められたのか、自分で行きたいと言ったのかは覚えていない。

雑居ビルの一室で開かれているその幼児向けスクールは、一クラスに生徒五人ぐらいの少人数制で、カナダ人のアレック先生が教えてくれていた。おおらかで明るい男性だった。僕はアレック先生のことが大好きだった。

単語はスペルよりも先に、発音から覚えた。耳から入った英語で、話したり歌ったり、アレック先生はとにかくみんなでわいわいと談笑する場を僕たちに与えた。

ローテーブルを囲み、時にはそれすらも部屋の隅に追いやって。

体を鍛えていたアレック先生は腕を持ち上げて力こぶをつくり、僕たちはよくそのたくましい腕にぶらさがってきゃあきゃあと声を上げて笑った。指はごつごつしていたけど、僕たちの頭をなでたり、手をつないでくれるとき、彼はほんとうに大切なものを扱うように優しく触れてくれるのだった。

アレック先生は日本語ができなかった。今思えば、それは嘘だったかもしれない。そういうことにしていただけで。

だけどそれを信じていた僕は、アレック先生と仲良くしたければ英語を話すしかなかったし、彼の言っていることを理解したいなら耳を澄ませるしかなかった。

わずかな英単語をつなげながら、僕はアレック先生と積極的にコミュニケーションを図った。アレック先生はものすごくリアクションが良くて、僕の言うことがいちいち感動的だといわんばかりに、目を輝かせて応えてくれた。

彼は、全員に平等だった。誰かが話している最中に他の子がふざけて遮ったりするとすごく怒った。そして何かにつけ、いつもこう言ってひとりひとりをハグした。

「Everyone is so amazing! You, You, You too!」

みんな本当に素晴らしい！　君も、君も、君もだ！

でも、一年を過ぎるとアレック先生はカナダに帰ってしまった。

僕は小学生になり、そのスクールではなく小中学生を対象にした英語教室に通うことになった。英語を続けたいと母さんに言ったら、近場で探してくれたのだ。

そこは、簡単に言えば「塾」だった。部屋には机と椅子が並び、日本人の先生がホワイトボードの前に立って授業をした。

毎回、小テストがあった。テキストに載っている英単語を覚えてきなさいと言われ、範囲もそのつど指定された。

なあんだ、そんな簡単なこと。僕はそう思った。

だって、アレック先生に自分のことをどうやって伝えようか一生懸命考えていた頃と比べれば、どうということはなかった。目の前にあるものさえ、頭に入れていけばいいのだから。

僕は毎回、満点を取った。アレック先生仕込みの英語の発音は、その塾の先生にも讃えられた。

アレック先生の代わりに、母さんが言ってくれた。

「奏斗、すごいね！　がんばったね」

僕は単純に、それが嬉しかった。だからきちんと単語を覚え、文法を理解し、スピーチコンテストでも好成績を収めた。

母さんが喜んで褒めてくれる、その顔が見たくて。

翌日、まず二限目の数学で答案用紙の返却があった。46点。平均点は52点。

僕にはもう、驚きすらなかった。劣等生の烙印が目の前に突き付けられる。

五限目では地理が戻ってきた。答案用紙に書かれているのは、57点。

「平均点は64点」

矢代先生が言った。

よかった、数学も地理も、とりあえず赤点はまぬがれたらしい。

ほっとする一方で、赤点を基準に一喜一憂している自分に苦笑した。

落ちぶれたもんだな、宮原奏斗。

「ちょっと出題量が多かったからな。でも、大学入試はこんなもんじゃないから練習だと思って」

大学入試に向けての練習。

そう言われて、あらためてそうだったんだなと思う。疑問にも感じなかった。

僕は今まで、高校入試に向けて勉強してきて、今度は大学入試に向かっているらしい。

大学に入りたいのかどうかも、よくわからなくなってきた。なんで勉強するんだ？

矢代先生がチョークを取り、背を向ける。

1位から3位までの点数だけ、黒板に書かれていく。

1位　97点
2位　96点
3位　88点

名前は公表されない。3位までの本人だけが自分のことだと知るのだ。僕たちにわかるのはただ、そんなすごいヤツがこのクラスにいるってことだけ。

中学時代の僕は、あっち側にいたのに。

でももう、仕方ない。僕は不相応な苦しい「狭い世界」を選んでしまったのだ。

これから僕は、この立ち位置で過ごしていこう。赤点を取らない程度に、落第しない程度に。

そう思ったら、気持ちが少し楽になった。

バイトでもしようかな。雫田さん、お好み焼き店楽しいって言ってたし、コンビニやハンバーガーショップとかでもよく募集しているし。

もっとこう、高校生活をエンジョイするっていうのも、いいんじゃないかな。

勉強ができるだけがすべてじゃないんじゃないかな。

雫田さんみたいな友達がいれば、けっこう楽しく過ごせるかもしれないし、落ちこぼれなら落ちこぼれなりの、のんきな学校生活っていうのも、ありなのかな。

ぼんやりした頭に、矢代先生の声が響く。答案用紙返却の日の授業はどの教科も、答え合わせの時間だ。

先生に言われるまま、青いボールペンで正解を書いていく。間違えた答えの余白に、そして、書き込むことさえできなかった空欄に。

授業の終わりがけに、雫田さんが教卓に向かった。

矢代先生と、何か小声で話している。

「正直なヤツだな」

矢代先生が笑い、赤ペンで何か書き記す。

そして黒板に向き直ると、黒板消しとチョークを使って訂正をした。

１位　96点
２位　95点
３位　88点

えっ、と声をもらしそうになった。

雫田さんはすました顔で席に戻っていく。手には答案用紙を持っていた。

すぐにわかった。

つまり、２点分のどこかが間違っているのに丸になってしまっていて、それを彼女は正直に申告したのだ。97点から95点へ。

僕だけでなく、このクラスの全生徒が理解しただろう。

期末テストにおける地理のクラス２位が、雫田さんだってこと。

放課後、雫田さんが僕の席までやってきた。

「ブラマン、持ってきてくれた?」

屈託のない、明るい表情。

僕は、雫田さんを直視することができなかった。

五冊の漫画が入った紙袋を渡す。笑えない。あの公園のときみたいに接することができない。

漫画を受け取りながら、雫田さんがちょっと顔を傾ける。

「あれ? どうした?」

「……いや」

僕は苦笑いをしながら言った。

「頭よかったんだなと思って」

ぽかんとしている雫田さんに対して、思わず嫌味っぽい言葉が出る。

「95点なんて、すごいじゃん。訂正しないで黙ってれば1位だったのに」

「ああ、そのこと」

さっくりと言われて、むらっと怒りが湧いた。

勉強できるくせに、できないふりしてたんだろ? 僕のことバカにしてたのかよ。

いるよな、そういうヤツ。さも遊んでるふうに見せかけて、相手を油断させて、ちゃっかりいい成績取って。おまけに誠実さもアピールしちゃって。

　抑えきれず、つっかかるような口調になってしまう。

「地理、めっちゃ苦手って言ってたじゃないか」

「苦手だよ」

　雫田さんは事もなげに言った。

「苦手だから、めちゃめちゃ、めっちゃ勉強したんだよ」

　雫田さんの目が、僕を射る。そして彼女はこう続けた。

「誰かに勝ちたかったんじゃなくて、私が、がんばりたかったんだ」

　はっと、胸を打たれた。

　僕は言葉をなくし、雫田さんを見る。

　雫田さんはちらっと目を泳がせ、僕の返事も待たずに「じゃあね」と足早に去ってしまった。打たれたままの胸はじりじりと鈍く痛み、僕はしばらくぼんやりと突っ立っていた。


　公園へ向かう足取りは重かった。

　今の僕に、愚痴を聞いてくれるような人はいない。せめてカバヒコのほのぼのした姿に触れたかった。どうかまた頭のいい自分に戻してくれと願を掛けたかった。

会話を続けようとせず、さっさと帰ってしまった雫田さんの後ろ姿が脳裏に焼き付いて離れない。

彼女はもう、僕と話す気もないってことなんだろう。あんないやな言い方をしてしまったから当然だ。

でも、だって、こんなことって。

釈然としないまま歩いていたら、汗がにじみ出てきた。七月も半ばに入って、今日は特に蒸し暑い。

喉が渇いた。ちょうどサンライズ・クリーニングの庇が見えてきて、僕は自動販売機の前に立つ。

コイン投入穴に百円玉を二枚入れ、カルピスウォーターのボタンを押した。がたんと音がしてペットボトルが受け取り口に落ちてくる。同時に、お釣りが落ちる小気味いい音も軽く響いた。

「……あれ」

カルピスウォーターは百五十円だ。なのに、お釣りを取ろうと返却口に指を入れたら硬貨が二枚あたった。

ふたつの五十円玉。

前の人が取り忘れていっちゃったんだ。僕はその二枚を手のひらに載せる。

ラッキー。

そのまま財布に収めてしまえば、誰も気づかない。五十円ぐらいじゃ別に、忘れていった落とし主も困ったり傷ついたりしないだろう。

財布を開けようとして、ふと、雫田さんのことを思い出した。

97点から95点への自己申告。

言わなければ、絶対わからなかったはずなのに。

1位のままでいられたのに。

――――誰かに勝ちたかったんじゃなくて、私が、がんばりたかったんだ。

「かなわないよなぁ……」

僕は五十円玉をひとつだけ財布に入れ、もうひとつは手のひらに収めた。

空いているほうの手でカルピスウォーターを持ち、ごくごくと飲む。そしてちょっと考えたあと、ガラス張りのドア越しにサンライズ・クリーニングをのぞいた。

ビニールにくるまれた衣服たちにうずもれるようにして、カウンターの向こうにおばあちゃんがひとり、座っていた。銀のかかったような白髪(しらが)で、気持ちいいくらいさっぱりしたショートヘアだった。雫田さんの言ってた、カバヒコの腰をなでたらヘルニアが治ったおばあちゃんかもしれない。

僕はドアを開けた。おばあちゃんがふいっと顔を上げる。

「すみません。そこの自動販売機、前の人のお釣りが残ってたみたいで」

そう言って五十円玉を差し出すと、おばあちゃんは「へえっ！」とすっとんきょうな声を上げた。

そして僕のことを頭のてっぺんから足先までじろじろとねめまわし、五十円玉を受け取るとこう言った。

「美冬（みふゆ）ちゃんと同じ学校の子？」

「え」

「雫田美冬ちゃん」

おばあちゃんは自分の襟元（えりもと）のあたりにとんとんと指を当てた。僕のシャツについている校章を指しているのだろう。

「あ、ええ。まあ」

「雫田一家は昔からうちの常連さんだから。美冬ちゃん、いい子だよね」

「……………そうですね」

「バイト、忙しくしてるんだろ？」

「そうだと思います」

話が長くなりそうだ。適当に聞き流して店を出ようとしたら、おばあちゃんが五十円玉を引き出しにしまいながら言った。

「あの子、兄弟姉妹、合わせて六人いるんだよ」

六人？

思わず目を見開いた。そんなに大家族なのか。

「高校にかかるお金はできるだけ自分で稼ぐって言ってさ、えらいもんだよね。そのせいで成績悪いって言われたくないからって、勉強も必死でね。あの狭い団地でひとり部屋もないのに、よくやってるよ」

殴られたような気分だった。

なんだよ、それ。できすぎだろ……。

いろんな気持ちが混ざり合って、ぐちゃぐちゃになる。雫田さんへの敬意と嫉妬。自分への苛立ち（いらだ）ちと保身。

店のドアが開き、大きな紙袋を提げた女の人が入ってきた。三つ編みを一本に束ねているその人に「いらっしゃい」とおばあちゃんが声を上げた。お客さんだ。

僕は黙って店を出る。

「頭脳修復」なんて、軽々しくカバヒコにお願いする気持ちになれなかった。僕はそのまま来た道を戻り、公園に行かずに家に帰った。

家のドアを開けると誰もいなくて、僕は黙って靴を脱いだ。

ダイニングテーブルの上にメモ書きがある。


　カレー、あたためて食べてね。冷蔵庫にサラダがあります。


そうだ、母さんは今日、友達と観劇に行っているんだった。

僕は大きく息をついた。

とりあえず今日のところは、母さんとテストの話をしないですむ。

僕は部屋着に着替えると、スマホアプリのバトルゲームに没頭した。戦って戦って戦って、敵を倒して、点数を稼いで。「くそっ」とか「なんだよ！」とか小さく叫びながら、夢中で指を動かした。

すっかり夜になっておなかがすいてくるとカレーとサラダを食べ、ソファにもたれた。

なんか、疲れちゃったな。楽しいことないかなあ。

目を閉じると急に睡魔が襲ってきた。

まどろみの中で、僕は山奥の少年のことを思った。ただ走りたくて走ってるなら、どれだけ気持ちがいいだろう。僕はいったい、何がやりたいんだろう。誰か教えてよ。

そしてそのまま吸い込まれるように眠りに入り、目を覚ますと父さんがテーブルについているのでびっくりした。父さんが帰ってきたことにまったく気がつかず、二時間ほど熟睡していたらしい。

「あ、おかえり」

「おう。よく寝てたな」

気がつけば僕の肩に綿毛布が被さっている。父さんがかけてくれたのだ。

「晩飯はもう、食べたのか？」

「うん。父さんは」

「食べた食べた」

椅子に座っている父さんは、背中を丸めて目を凝らしながら、テーブルの上で手作業をしていた。僕はソファから下りて近づいていく。父さんの手元を見ると、鳥やらリスやらの形をしたプレートに、細い油性ペンで何か書き込んでいた。

「なに、これ」

「可愛いだろ。百円ショップで見つけたんだ。ガーデニング用のネームプレート」

嬉しそうに父さんは答えた。

百日草。ベゴニア。デュランタ。

プレートに書き込まれているのは植物の名前らしい。どんな花か、僕にはイメージもできないけど。

そのまま自分の部屋に引っ込んでしまうのも気がひけて、僕はテレビのリモコンを手に取る。父さんも好きなバラエティがやっていて、僕はソファに戻ってそれを見た。

大御所タレントが司会をしているトーク番組だ。若手の芸人が一生懸命、自分の体験談を語っている。

「うちにパキラっていう観葉植物があるんですけど、僕の言葉がわかるんですよ！　あっち側に伸びろって言うと、ちゃんとそっちに向かって枝が伸びるんですよ！　えらいなあ、すごいなあって褒めてやると、なんかもう、葉っぱがツヤツヤしちゃって」

司会の大御所タレントが「おまえより賢いなあ」とツッコミを入れる。それを見て父さんが「はは」と小さく笑った。

僕は訊ねた。

「父さんは、こういうことしないの？」

「こういうことって？」

「植物にきれいだねとか褒めてると成長がいいって、よく聞くじゃん。褒めないの？」

暗に、かねてからの疑問を投げたようなところがあった。

父さんはいつも優しい。でも、褒めてくれることはほとんどない。それがずっと、不思議で不安だった。本当の本当は、冷たい人なのかもしれない。

父さんはちょっとかぶりを振る。

「父さんはしないよ。そんなこと」

やっぱり。

こんなに可愛がっているように見える植物にさえ、そういう気持ちが起こらないのか。

僕はあたりさわりなく「まあ、花に耳なんてないもんね」と言い、テレビ画面を見た。深追いをして自分が傷つくのもいやだった。

すると父さんはちょっと間を置いて答えた。

「いや、植物に言葉なんかわかるわけないって疑ってるわけじゃなくて、逆なんだ。本当に通じると思うんだよね。だから、言葉には責任がある」

僕はテレビ画面から父さんへと顔を向ける。

父さんは鳥の形のプレートを手に取りながら続けた。

「褒められたくてがんばるって、それも悪いことじゃないんだけどな。それだけを目標にしてると、褒められなかったときにくじけちゃうだろ」

ドキリと胸が鳴った。

今度は父さんが、暗に回答してきたような気がした。

父さんは穏やかに、でも力強く言った。

「ただ褒めてもらえなかったって、それだけのことなのに。誰が何を言ったって、何も言わなくたって、懸命に咲こうとしているその姿には、なんの変わりもないのにさ」

そして僕のほうをしっかりと見て、父さんはほほえむ。

「だから父さんは、ただ愛するんだ。それだけ」

そうして父さんは話すのをやめ、プレートに植物の名を書き込む作業に戻った。

涙ぐみそうになって、僕はソファに置かれたままの綿毛布を握りしめた。

父さんの愛情は、まさにこの物言わぬ綿毛布だった。眠っている無防備な僕にそっとかけられた優しさ。わかっていたはずなのに、今までちゃんと確信することができなかった。

不意に、アレック先生の言葉を思い出す。

「Everyone is so amazing! You, You, You too!」

みんな本当に素晴らしい！　君も、君も、君もだ！

そうか、そうだ。そうだった。

アレック先生は、褒めてくれたんじゃない。

ただ愛してくれたんだ。幼い僕たちは、それを体で感じ取っていたんだ――。


父さんが「おっと」と小さく叫んだ。

そちらを見ると、テーブルの縁に黒い線がついている。

このテーブルは母さんがすごく気に入って、予算オーバーだけど奮発したと言っていた北欧家具だ。テーブルの縁にはいろんな色のタイルがランダムに貼られていて、あろうことか白い部分にうっかり油性ペンを転がしてインクをつけてしまったらしい。

「母さんに怒られちゃうな」

そう言いながらも危機感はない様子で、父さんは立ち上がった。

どうするんだろうとハラハラしていたら、父さんはなぜだか洗面所に向かい、すぐに出てきた。

手には歯磨き粉のチューブを持っている。

父さんはふんふんと楽しそうに鼻を鳴らし、タイルについた黒い線の上に歯磨き粉を少しのせ、キッチンペーパーでしゅしゅしゅっと軽くこすった。

まさか。僕はどきどきしながらその光景を見守る。

父さんはペーパーで歯磨き粉をすべてぬぐうと、にやっと笑った。

そこに現れたテーブルを見て、僕は息を呑む。

消えた……！


翌朝、僕は日の出公園に向かった。

土曜日の早朝だからか、人通りが少ない。いつにも増して公園は閑散としていた。

「カバヒコ〜」

あの日、雫田さんがそうしたみたいに、僕はカバヒコを呼んだ。

返事があるはずもないのに、カバヒコはちゃんと僕を見た。そんな気がした。

僕はカバヒコの頭をなでる。両手で、何度も何度も。

よしよし、よしよし。いい子、いい子。

待ってろよ、今きれいにしてやるからな。

僕はそっと、カバヒコにまたがった。

そしてナップザックからポケットティッシュと歯磨きセットを取り出す。洗面台の引き出しに入っていた、どこかのホテルでもらったアメニティだ。

小さなチューブから歯磨き粉を絞り出し、カバヒコの後頭部に書かれた「バ」の文字にのせる。少し緊張しながら、歯ブラシで軽くこすってみた。

「……やった」

思わず笑みがこぼれる。

マジックペンの黒は消え去り、カバヒコのくすんだオレンジ色の地が現れた。僕は逸(はや)る心を抑えながら「カ」にも歯磨き粉をのせ、あまり力を強く入れないように注意しながら歯ブラシを動かした。

消えた。

消えた、カバヒコから「バカ」の文字が。

ティッシュで歯磨き粉をすっかりぬぐってしまうと、僕はもう一度、今度は大きな声で「やった！」と叫んだ。

もう誰にもバカなんて言わせないぞ。

この喜びを雫田さんと分かち合いたかった。だけど次の瞬間、気持ちが沈んでいく。

……もう、嫌われちゃったよな。

ブランコに目をやると、頬を紅潮させながらぐんぐん漕いでいた雫田さんが思い浮かばれた。

放電と充電。

そうやって、自分をコントロールして、立て直して。

きっと彼女は、僕には想像もできない努力をしてきたんだろう。家族や周囲を思いやりながら。

僕はどうなんだ？　たいしてがんばりもしないで、ふてくされて。

本当の僕はバカじゃない、もっとできるはずだって。

ああ、恥ずかしい。本当に恥ずかしい。

僕が修復すべきは、この卑屈さや傲慢（ごうまん）さじゃないか。

アレック先生と話したくて一生懸命だった僕は、あんなに英語が楽しかったのに。ただただ、学びたかったのに。

カバヒコの頭をそっとなでる。

カバヒコ、頼む。

ねじ曲がってガチガチな僕のこの頭を、リカバリーしてくれ。

僕はカバヒコにまたがったまま、両腕をカバヒコの頭に回して頬をつけた。

カバヒコの後頭部の、優しい丸み。ミントの匂いが残るそこは、ひんやりしていて気持ちよかった。


家に帰ると僕は、すでに返ってきている答案用紙を揃えてリビングに行った。

母さんが部屋に掃除機をかけている。父さんは庭にいるらしかった。

掃除機のスイッチをオフにしたタイミングで僕が声をかけると、母さんは「ん?」と顔をこちらに向けた。

「話があるんだ。今、いいかな」

母さんはちょっとこわばった面持ちで、「え、なに?」と苦笑いした。

テーブルの上に、答案用紙を並べる。

数学46点、地理57点。

「平均点は、数学52点、地理64点でした」

「え」

母さんが少し首を突き出す。怒るよりも手前で、まずびっくりしている感じだった。

「平均点にもいかなかった。僕の努力不足」

そして、数日前に見せた89点の英語の答案用紙。

母さんが見ている前で、僕は89という数字に赤ペンで二重線を引いた。

「嘘をついて、ごめんなさい。自分で書き換えたんだ」

母さんが目を見開いた。

僕はその隣の余白に、大きく赤ペンを走らせる。

61。

修復。

そうだ、これが真のリカバリー。

元の通りに直したその答案用紙を、僕は母さんに渡す。

「本当の点数です」

母さんは答案用紙を持ったまま、赤い数字と僕の顔を交互に見ていた。言葉が出ないという様子だった。

「僕は勘違いしてた。自分は頭がいいんだって。やらなくてもできるって」

でも違う。

僕は推薦入試に合格するまで、あの場所でやるべきことをしっかりやってきたんだ。

でもそのあと、怠慢に慣れてしまっていた。みんなが必死に勉強している間、僕はぐうたらあぐらをかいていた。

新生活の中で、僕はまだ、何もしていない。

もっともっと、積極的に勉強すること、この先の自分について考えること、友達と話をすること。

高みを目指して入ったこの学校に、ふさわしいだけの努力を。

「僕、ここでまたがんばってみるよ」

勝ち負けじゃない。自分が、がんばりたいから。

母さんはふっと頰を緩ませる。そしてようやく言葉を放った。

「結果というよりもね、母さんは奏斗がそんなふうにがんばってることが嬉しいのよ」

じわっと胸が熱くなって、僕はあらためて思い出した。母さんは僕に、必ず「がんばったね」と言ってくれることを。

そのとき、父さんが庭から顔を出した。

「ダリアの花が咲いたよ、来てごらん」

父さんの顔に、満面の笑みが広がっている。

僕と母さんも、庭に出た。

咲いたばかりのダリアは、みずみずしい花びらを開かせていた。きっと、父さんの気持ちを受け取っているに違いない。

ただ愛するだけ。それだけ。心をこめて。


週明け、教室に入っていくと待ち構えていたように雫田さんが走り寄ってきた。

「宮原くん！　これ、マジ最高！」

ブラマンを掲げて、雫田さんが言う。

驚いて口を半開きにしたままの僕に、雫田さんは機関銃のようにしゃべりだした。ブラマンのどこがよかったか、どのキャラクターが好きか。こくこくとうなずきながらその熱弁を聞いていると、不安や後悔に凝り固まっていた気持ちが溶けていくのがわかった。

変わらない雫田さんだった。安堵のため息をもらしながら、僕は言う。

「………僕、もう雫田さんに嫌われたと思ってた」

雫田さんはきょとんと僕を見る。

「へ？　なんで」

「だって金曜日、ろくに話もしないですぐ行っちゃったじゃないか」

「えっ、バイトの時間が迫ってたから急いでただけだよ」

あのときちらっと目を泳がせたのは、時計を見てたのか。

「でも、僕、あんなイヤな言い方しちゃったし……。がんばってる雫田さんに嫉妬して、最低だった。本当にごめん」

「そうだっけ？　そんなふうに思ってたの？　それぐらいで嫌いになったりしないよ」

雫田さんはげらげらと笑い、僕の腕をぽんと叩いた。

「バカだなあ！」

雫田さんのその声があったかくて、僕はちょっとだけ泣いた。

僕はほんとうに、どうしようもないバカだった。

第2話
紗羽の口

ありがとうございました。

その言葉を、私はかつて一日に何度口にしていただろう。

ありがとうございました。ありがとうございました。

昼からそう放つとき、私の心は感謝と誇りに満ちあふれていた。

「紗羽ちゃん、みずほちゃんのおでこの汗すごいじゃない。私、拭いてあげるから」

幼稚園バス専用の停留所で、車内から子どもたちが降りてくるなりママ友の明美さんが薄笑いで言った。私が返事をする隙も与えず、彼女はよれたガーゼハンカチを娘のみずほの顔に押し付ける。

夏休み明けの九月、午後三時はまだ陽ざしがきつい。子どもたちの熱気がこもったバスは、汗っかきのみずほには暑かったかもしれない。

「やだ、手もべたべた。他の子についちゃうから、手も拭いておくね」

「あ、ありがとう」

あわてて出した自分のハンカチが間に合わず、私は明美さんに礼を言った。

でもこの「ありがとう」には誇りなんてどこにもない。

あるのはただ、感謝よりも「すみません」という萎縮の気持ちだけだった。

昨年、マンションを買おうと言い出したのは夫の佳孝のほうだ。

私はそれまで住んでいた２ＬＤＫの賃貸マンションをそこそこ気に入っていたし、分譲に住んでしまうことで縛りができるのは少し抵抗があった。

もし何かあっても簡単に住み替えることはできない。それに、ローン返済の年月を考えたらちょっと気が重くなった。

「駅寄りで、よさそうな物件があるんだよ。頭金ぐらいならうちの親も協力するって言ってるし」

そう言いながら私にフルカラーの広告紙を差し出す佳孝の腹は、もう決まっているらしかった。私よりも先にお義母さんに話していたのだとわかって、でもだからってそれを不満だとも言えなかった。私には今、一円の稼ぎもない。

アドヴァンス・ヒル。これから建てようとしているそのマンションの写真はなかった。CGを駆使した完成図。きらびやかな理想の絵だ。

マンションだけじゃない。空は青く、樹々は鮮やかな緑色を繁らせている。文字通りに「絵空事」だとわかっているはずなのに、まるで自分たちがこの家を、この世界を、丸ごと手に入れられる錯覚に陥りそうになる。

休日、佳孝とみずほと三人で、駅近くに設置されたモデルルームの見学会に行った。

リビング、キッチン、バスルーム。本物ではないのに、誰も住んでいないのに、そこにはあたかも「未来の暮らし」が用意されているかのようだった。みずほも、水玉模様のカーテンや広いバスタブにはしゃいでいる。

ぺったりと私たちに張り付いて案内している営業マンは、唾を飛ばしながら、ここがいかに優れたマンションかを熱弁した。

ミーティングスペースの壁には五階建てマンションの部屋割り表が貼ってあり、いくつかのマスに赤い紙で作った花がつけられていた。

ちょうどそこに、年配のご夫婦と若い女の子が立っていた。別の営業マンが嬉しそうにやってきて、三階のマスに花を貼り付ける。売約成立ということらしい。営業マンはその家族に深々と頭を下げた。

それを見ていた佳孝は、彼らが去ると、じっとその部屋割り表を眺めた。

「この部屋がいいな」

まだ花のない、二階の3LDKを指さしてそう言う。

「二階なら、もしエレベーターが使えないときでも苦じゃないし、値段も……」

たしかに、上層階や4LDKの部屋から比べたら価格は抑えめだった。でも、陽当たりはどうだろう。騒音は。においは。今日は見学会に来ただけだ。実際の建設現場に行って、周囲に何があるかちゃんと調べてからのほうがいいかもしれないと私は思った。

そして、もうひとつ私が気がかりだったのはみずほの幼稚園のことだ。マンションが完成する春、みずほは年長に上がる。このタイミングで幼稚園を変えるのはかわいそうだと思った。

家に帰って落ち着いて考えようよ。私がそう答えようとしたとき、佳孝のつぶやきをすかさずキャッチした営業マンが声高に言った。

「この部屋ね、さっき、少し考えたいって迷われてるお客様がいらしたんですよ。今、決めていただければ、押さえます」

佳孝の顔つきが変わった。営業マンに促されてテーブルにつく彼の袖を引っ張り、私は小声で言った。

「ねえ、でも、みずほの幼稚園とか……」

「そんなの、大丈夫だよ。子どもなんて順応性高いし」

「だけど」

佳孝はみずほのほうに顔を寄せる。

「みずほも、新しいおうちに住みたいよなぁ？」

そう言われて、みずほは「すみたーい」と両手を上げた。

「ほらな。こんないい物件、そうめったに出合えるもんじゃないんだから、機会逃さないほうがいいよ」

それから佳孝は営業マンのほうに向きなおり、その日のうちに、契約書にサインしてしまった。


そうして我が家の引っ越しはあっというまに確定し、私はあらゆる手続きや準備に奔走（ほんそう）することになった。

中でも、みずほの新しい幼稚園探しや編入のあれこれにはもっとも心を砕いた。

徒歩圏内にはなかなか入れるところが見つからず、マンションが幼稚園バスの巡回エリアに入っているところをいくつかあたった。

ようやく決まったのが、ひばり幼稚園だ。こぢんまりとアットホームだった前の園に比べて園児数が多く、規則もやたらと細かい。バッグや上靴入れなど、布製品もろもろが手作りでなくてはならず、お道具箱の中身も今まで使っていたものはほとんどスライドできなかった。

みずほは園が変わることについてはよくわかっていなかったようで、転園日にやっと事の次第を理解して泣いていた。私もつらくなり、抱きしめるのがやっとだった。

それでも三日後には新しい友達とケラケラ笑っている姿を見て、私はどれだけほっとしただろう。佳孝の言うように、恐るべき順応性だった。

それに比べて私は……。

私はちょっとため息をつき、壁の時計に目をやる。午前七時五十分。

「みずほ、もう時間だよ。バスに乗り遅れちゃうから、早くして」

返事もせずに絵本を広げているみずほに、私は通園帽をかぶせる。軽くメイクした顔を鏡でチェックし、トートバッグをつかんだ。

アドヴァンス・ヒルのあるエリアでは、通園バスの停まる場所としてマレーという大型スーパーの前にあるロータリーが指定されていた。

朝と午後、同じエリアの保護者たちが同じ時間に送迎で集まる。十人ぐらいいるうち、みずほと同じ年長の子どもを持つママが数人いて、私は自然と、そのママ友グループに加わる流れになった。

はじめのうちは「樋村さん」と苗字で呼ばれていたのが、ほどなくして子どもだけではなく私自身も「紗羽ちゃん」と学生時代みたいに下の名前になった。少し面食らったが、私だけが変わらずみんなを苗字で呼ぶのもよそよそしい。私も倣ってすぐに変えることにした。

前島さんは、「文江ちゃん」に。行村さんは、「果保ちゃん」に。

ただリーダー格の西本さんだけは、「明美さん」と呼ばれているので私もそうしている。

文江ちゃんは私と同じ三十五歳、果保ちゃんは三十七歳で同世代だが、明美さんだけは四十代半ばだ。娘さんの杏梨ちゃんの上に小学六年生のお兄ちゃんがいて、ママとしてのキャリアは私たちよりうんと長い。

みずほの手を引き、ロータリーに向かうと、ママたちはみんな揃っておしゃべりをしていた。子どもたちも固まって飛び跳ねている。

「あ、紗羽ちゃん」

明美さんが私に向かって手を振る。私も合わせて手を振り返した。

文江ちゃんと果保ちゃんもちらりと私を見て笑ってくれたが、彼女たちはすぐに私のわからない噂話の続きに夢中になる。私は曖昧な笑みを残したまま棒立ちした。

四月に引っ越してきて、半年ほどになる。それでもまだ、出来上がっているグループに入るのは何かと気を遣う。前の幼稚園は家から徒歩五分だったのでこんなふうに毎日同じ時間に同じ顔ぶれで居合わせることもなかったし、それなりにママ友づきあいはあったけれどみんなもっとさっぱりしていた気がする。

みずほの卒園まであと半年だ。うまくやろう、と自分をなだめる。相手に合わせて、感じよく控え目にしていれば仲間外れにはならない。あたりさわりなく、いい距離を取ろうと心掛けていた。

「みずほちゃん、これ見てー」

杏梨ちゃんが通園バッグにつけたキーホルダーを指さす。みずほも好きなアニメのキャラクターだ。

「わあ、いいなあ」

みずほが私から手を離し、杏梨ちゃんのところに寄っていく。最初に会ったときから、ふたりは仲がいい。杏梨ちゃんがいてくれて、私は正直、助かっている。

明美さんが言った。

「ねえ、クーポン来てたでしょ」

それを受けて、文江ちゃんがスマホを取り出す。

「来てた来てた。今日、サマる？」

「行こう行こう」

果保ちゃんも乗り気だ。

マレーの中にあるファストフード店、「サマンサ」のアプリ専用割引クーポンのことだと、私にもすぐわかった。

朝、バスに乗った子どもたちを見送ったあと、彼女たちはよく、お迎え時間までサマンサでおしゃべりして過ごす。そのことを「サマる」と言っているのだ。

「紗羽ちゃんも行くよね？」

明美さんが私に顔を傾ける。

瞬時に、断りの言葉が頭の中をかけめぐった。

今日は予定があって。

洗濯機かけっぱなしで来ちゃったから。

ちょっと頭痛くて。

しかし私は「うん、行く行く」と答えている。

理由をつけて逃げたところで「嘘だよね」と思われたら気まずい。実際に嘘だし。

そこに、絹川(きぬがわ)さんというママがバス停に来た。息子さんの友樹(ともき)くんの手を引いている。

「おはようございます」

そう言った絹川さんの黒いストレートのロングヘアがなびく。ママたちの頭が、小さな会釈でぱらぱらっと揺れた。

年長さんのママ仲間で言えば、絹川さんもそのひとりだ。

でも彼女はみんなからけむたがられていた。細身で、いつも背筋がしゅっとしていて、無口だ。誰かと砕けて会話したり笑ったりしているのを見たことがない。友樹くんもすごくおとなしくて、子ども同士の交流もない。年齢は私と近そうだけど、私自身も、とっつきにくい絹川さんのことはなんとなく敬遠していた。

幼稚園バスが来た。子どもたちが乗り込んでいく。

絹川さんは歯切れよく「失礼します」と言い、去っていった。

アプリのクーポン券を使い、ママ友四人で「サマって」いると、明美さんが言った。

「来週か再来週あたり、バザーのミーティングしないとね」

私は今年、「バザー係」についていた。気の進まない係だった。収益を上げるためなのか、園長からのたっての要望で、ひばり幼稚園初のバザー開催だという。

この園では毎年必ず何かしらの係につくことになっていて、私は定期的な園内清掃や草むしりをする美化係を選ぼうとしていたのだが、明美さんから半ば強引に誘われたのだ。

「どうせどの係になってもつまらないんだしさ、だったら仲良しで集まって、わーっとやったら楽しいじゃん。一緒にやろう」

断れなかった。

掃除ならひとりでもくもくと手を動かせば終わるが、こういうイベントごととなるとみんなで協力し合って計画を立てたり準備をしなくてはならない。

バザー開催は十一月で、仕込みがそろそろ始まろうとしていた。気が重いまま、私はたいして予定の入っていない手帳を開く。

年長さんの班長である明美さんは、面倒くさそうに言った。

「えっと、ここのメンバーはグループラインでいいとして、年中さんと年少さんはそれぞれ班長がいるから……そうか、絹川さんにも連絡しておかないとね」

絹川さんもバザー係に入っていた。彼女の場合、誰かが誘ったのではなく、自発的に。

「仕事で忙しいんじゃない？」

突き放すように果保ちゃんが言った。

果保ちゃんは一度、絹川さんをサマンサに誘ってみたことがあるらしい。でも「仕事があるので失礼します」とあっさり断られたのだという。それから誘っていない、と果保ちゃんはちょっと不服そうに話していた。

「絹川さんって、なんの仕事してるの？」

明美さんが訊ねる。果保ちゃんが首をかしげた。

「知らない。時々、延長保育してるみたいだけど」

文江ちゃんが加勢する。

「だんなさんも見たことないしね。あの人、謎すぎ」

明美さんはメロンソーダを一口飲み、ちょっと身を乗り出した。

「友樹くんも、男の子なのにおとなしすぎるわよね。ぜんぜんしゃべらないし、みんなの輪に入っていかないし。あれでこの先、世間を渡っていけるのかって思うよ」

たしかに友樹くんは、外で元気に遊んでいるという印象はない。お遊戯会の日は、会が終わって他の子たちが騒いでいても、部屋の隅でひとりきり、折り紙をしていた。

そのあと少し、絹川さんについての憶測が飛び交った。離婚してるんじゃないかとか、怪しい商売に手を染めてるんじゃないかとか、あの態度は私たちを見下してる、とか。

この半年、私は相槌だけはうまくなったと思う。誰のことも否定しないというのがポイントだ。そして「そうなの？」「へえ、そうなんだ」と、何も知らないふりをする。時々、「ええー」とか「やだ」とか笑いをまぜながら。

「仕事してるからって、えらいのかしらねぇ」

明美さんが眉をひそめてそう言い、私の心の奥で、何かがきしんだ音をたてた。


「いらっしゃいませー。いかがですかぁ」

土曜日の昼下がり、食器洗いを済ませてリビングのソファに腰を下ろしたら、みずほに声をかけられた。佳孝は仕事で家にはいない。

段ボール箱をひっくり返したお手製の「ショーケース」の前で、みずほはにこにこと手招いてくる。最近、家にいるときはお店屋さんごっこがブームなのだ。

箱にはマジックでマス目が書かれ、その中に彼女なりに分類した「商品」が並べられている。今日は「シール屋さん」らしかった。

雑誌の付録のアニメキャラ、パンの袋についていた応募券、お菓子の箱に貼られていたラッピングシール、引き出しに入っていた事務用のラベル。はがしたものをメモ用紙に貼りつけたり、未使用のものをシートごと置いたりして、部屋中のあちこちからかき集めたシールたちが店頭販売されていた。

みずほは必ず店員をやりたがるので、私はいつも客の役になる。

私は鳥のシールをひとつつまんだ。

「これ、すてきですね」

箱を挟んだ向こうで、みずほが大きくうなずく。

「はい、外国のとくべつなシールなんです」

「まあ、そうなんですね。どこの国ですか」

「それはですねえ……まほうの国なんです」

「わあ、すごい。おいくらですか」

「えっと、八百円なります」

「あら、ちょっと高いですねぇ」

「だって、そのシールを貼ると、鳥みたいに飛べるんですから」

「ええー？　じゃあ、これをいただこうかしら」

「はい、では、おつつみますね」

たどたどしい敬語だが、即興にしてはなかなか優れた接客対応だ。

すっかり店員になりきっておしゃまな口を利くみずほをほほえましく見つめながら、私は遠く、あの頃を思い出す。

私は妊娠するまで「アイネ」に入っているショップの店員をしていた。アイネは主に駅にある全国チェーンのファッションビルだ。短大卒業後、私はアイネのレディスウェアの店で働いていた。

アイネには、ファッションアドバイザーとして接客が優秀な店員だけが認められる「アイネスト」という制度がある。客にはあまり知られていないことだが、通常、店員がつけているシルバーのネームバッジとは違い、アイネストには黒バッジが与えられる。年に一度、アイネストを対象とした全国大会も開催されている。日本中からアイネストが三万人ほど集まり、ロールプレイングコンテストで接客術を競うのだ。全国大会で特別賞を受賞したこともある。

入社二年目にして、私の胸にはアイネストの黒バッジがあった。全国大会で特別賞を受賞したこともある。

接客の仕事が、好きだった。「ありがとうございました」と笑顔を向けることが、あんなにも誇らしく嬉しかった。お客様の質問に答えること、私から提案すること、人と触れ合い、言葉を交わすことが心から楽しかった。

それなのに今、私は、ママ友たちと話すのが本当にしんどい。

私はいったい、何を言えばいいのだろう?

「おまたせしました」

みずほが、ティッシュでくるんだ鳥のシールを私に差し出す。私がお金を渡す仕草をすると、みずほはそれを両手で受け取った。

見えないお金がみずほの手の中にある。本当はそこにはないものが、きっと彼女には見えている。「ごっこ」はなんでもありだ。このシールで、私は鳥のように飛べるらしい。

みずほが店員ごっこをしているように、私も今、「ママ友ごっこ」をしているのかもしれない。誰のことも友達なんて思っていないくせに。

アドヴァンス・ヒルのCG広告みたいに、私はリアルじゃない世界にいて、ママ友の役を演じているだけのような気がする。

楽しければそれでもいい。でも、今の私は不本意な役回りを舞台終演までなんとかこなしていこうとしているだけだ。大がかりな「お店屋さんごっこ」であるバザー行事を憂鬱に思いながら。

「ありがとうございましたぁ」

みずほがぺこっと頭を下げ、満足そうに笑った。

夕方、買い物に行こうとしたらスマホが鳴った。

遠方に住む、私の母からの電話だった。

もう家を出てみずほと歩き出したところだったので、人通りの多い道から外れて電話を取る。

「もしもし」

「ああ、私。元気？」

「うん」

のんびりした母の声を聞きながら、私は空いているほうの手でみずほをさりげなく裏道へと誘導した。そこから住宅街へ向かうと、団地に続いている。建物に囲まれるようにして小さな公園があることを、最近になって知ったのだ。

たわいもない近況報告を聞きながら、私とみずほは「日の出公園」という石板の置かれた敷地内に入っていった。

地味な公園で、土曜日だというのに他に誰もいない。みずほはブランコまで走っていき、ゆらゆらと漕ぎだした。

母の長話はしばらく終わりそうにない。

私はそのすぐ近くにあるアニマルライドに腰を下ろした。剝げかかったオレンジ色のカバ。笑ってるのか泣いてるのか、気が抜けるようなのほほんとした表情をしている。

「ランドセル、赤でいいかねぇ。この間、デパートで見てみたらけっこう高いんで、びっくりしたわ」

スマホから母の声が届く。来年、小学校に上がるみずほのランドセルを買ってやりたいと、前々から申し出があった。東京から新幹線で五時間ほどかかる田舎町に住む母と会うのは、年に一度か二度だ。

アドヴァンス・ヒルに引っ越してきたとき、四月に佳孝のご両親、五月に私の両親をそれぞれ家に招いた。佳孝の実家は都内なのでそれからも行き来があるが、母とはそれきりになっている。

「赤でいいと思う。ありがとうね」

そう答えながら、年金暮らしの母がデパートでランドセルを見ている姿を想像して少し胸が熱くなった。まだまだ元気で、いつも私たち家族のことを思いやってくれる。

もし母が近くに住んでいたら、私は仕事を続けていたかもしれない。

みずほを出産したあと、私は一度、アイネに復帰した。みずほが一歳のときだ。

でもうまくいかなかった。保育園は日曜や祝日はやっていない。私の休日をそこに当てて組むことが難しく、服飾メーカーの営業をしている佳孝も週末に出勤することが多い。お義母さんにみずほをお願いするということで話はついていたのだが、やはり、可愛い孫とはいえまだ赤ん坊のみずほを毎週預けるのは相当な負担をかけてしまっていた。

二ヵ月ほどして、お義母さんに言われた。

「ねえ、紗羽さん。子どもってやっぱり、せめて三歳まではお母さんと一緒にいるべきじゃないかしら」

佳孝もその意見を拒まなかった。

それだけじゃない。みずほはよく熱を出して、保育園から呼び出しがかかることがしょっちゅうあった。そのたびに私は早退することになり、スタッフにどれだけ迷惑をかけただろう。さらに、私自身の体調も睡眠不足と過労でガタガタになってきた。小さなミスや失念も続いてしまい、青白い顔でまともな接客ができないことが苦しかった。

それで、私は仕事を辞めた。

後悔はしていない。肩身の狭い思いをしながらお義母さんにお願いするよりも、ワンオペ育児になったとしてもみずほの成長を私が見届けられるほうがいいと思った。

せめて三歳までは。

そう言われて、自分でもそう思って一度退いた仕事に、私はみずほが四歳になっても五歳になっても戻れずにいる。幼稚園入園のタイミングで、仕事を見つけて保育園にしようかと迷ったのは確かだ。でも、踏ん切りがつかなくなっていた。〇歳でも三歳でも、幼い我が子という点では同じことだった。復帰してブランクを埋めることができるか、あの生活をなんなくやり遂げられるか、私にはもう自信がなかった。

「佳孝さんは元気？　相変わらず、お仕事忙しいの？」

母が言い、私は「そうだね」とあたりさわりなく返す。

明るい口調で、母は続けた。

「あんないい新築マンションを買ってもらって、佳孝さんに感謝しなさいよ」

それを聞いて私は、ざらりとした気持ちになる。

私は佳孝にマンションを「買ってもらった」のだろうか。

「ありがとう」と言わなくてはいけないのだろうか。

母は優しい人だけれど、想像力に欠ける。私の複雑な心境を理解してもらうのは、少しばかり難しかった。

みずほがブランコから降りて、こちらに向かって駆けてくる。

スマホをみずほに渡して母と少ししゃべらせたあと、私は電話を切った。


アドヴァンス・ヒルから最寄りのスーパーは、アサヒストアだ。マレーより小規模だけれど、コンパクトな分むしろ陳列棚が見やすい。

数日分の食材と日用品をカートに入れ、みずほのねだるお菓子をひとつだけ持たせてレジに向かう。

会計時、私はレジ係の顔ぶれを見て、列を選ぶ。ひとり、接客の素晴らしい女性店員がいるのだ。気持ちよく買い物ができるので、どんなに混んでいてもその人のところに並ぶようにしている。

年齢は五十歳ぐらいだろうか。なにしろ、多幸感がにじみ出ている。目尻の皺にさえ福々しさが刻まれているかのようだ。

アサヒストアの制服であろう、深緑のポロシャツ。彼女のネームバッジに「雫田」と書いてあるのを、私はかなり早いうちにチェックしていた。しずくださん。彼女は私の心のアイネストだ。

商品を扱うときのていねいな手つきが本当にいい。カゴからカゴへ、パズルのように美しくはめこまれた食材を私はうっとりと見てしまう。

カゴの中の商品をすべて打ってしまうと、雫田さんは、少し腰をかがめてみずほに目線を合わせた。

「ピッだけ、させてくださいね」

みずほがお菓子を掲げる。

お菓子のバーコードにリーダーを当て、雫田さんは「ピッ」と言った。みずほが笑う。

そして彼女は鮮やかにアサヒストアのテープをカットし、ひらりと手を伸ばしてパッケージに貼った。

ポイントカードの確認、金銭の受け渡し。スムーズでスピーディーでスマートで、まったく申し分ない。

「ありがとうございました」

私の目を見て、雫田さんはそう言った。とてもきれいな笑顔で。

サッカー台まで歩きながら、みずほはお菓子に貼られたテープを見ている。きっとこれも「シール屋さん」の商品になるのだろう。仕入れ成功だ。

「雫田さん、いいの貼ってくれたね」

台の上でエコバッグに食材を入れながら、私はみずほに言うとでもなくつぶやいた。

「しずくださん?」

「あの店員さんの名前。胸のバッジに書いてあったよ」

「へえ!」

そのあどけない表情に、私は思わずほほえんで言った。

「ママも、うんと前はあんなふうに、バッジをつけてお洋服を売ってたんだよ」

みずほが「そうなの?」と目を輝かせた。

初めて話した。今まで、なんとなくみずほには言えなかったのだ。みずほは私がお店で働いていたということに高揚しながら言った。

「バッジしてたら、ママが誰なのかわかっていいね」

「そうだね」

私は笑ってそう答え、空になったカゴの隅をぼんやり見つめる。

もうバッジのない私は、さて、いったい誰なんだろう。


週明けの月曜日、午後四時前に明美さんと駅で待ち合わせをした。みずほや杏梨ちゃんも一緒だ。

引っ越してきて、私が唯一よかったなと思うのは、近場でいいピアノ教室と出合えたことだった。駅近くの雑居ビルで行われているその教室は、少人数制で月謝も控え目だ。初老の先生はとても親切で穏やかで、みずほはすっかりなついている。四月の体験レッスンで気に入ってから、私はへそくりをはたいてみずほに小さな中古のピアノを買った。置き場の面でも防音の面でも、前の賃貸だったらこうはいかなかったかもしれない。そう、どんなときだって、いいこともあるのだ。

ところが先週、明美さんから「みずほちゃんのピアノ教室って、どこにあるの？」と訊かれて暗雲が立ち込めてきた。

「杏梨がね、みずほちゃんのピアノ教室、見てみたいって。みずほちゃんのレッスンの日に、見学させてもらえない？」

「あ……うん。でも、体験レッスンもあるから、そのほうがいいかも」

やんわりとそう言ったものの、明美さんは首を横に振った。

「見たいだけなのよ。それで杏梨がやってみたいって言ったら体験もさせるし。お願い」

そのリクエストを拒否することなんてできるだろうか。

私は教室に連絡をし、杏梨ちゃんの見学の許可を取った。

そして今日、四人で教室に向かっている。

みずほと杏梨ちゃんは、楽しそうにくっついて私たちの少し前を歩いていた。快活な杏梨ちゃんとおしゃべり好きなみずほは、いくら話しても飽きないらしい。

教室の前に着くと、明美さんが意外そうに言った。

「え？　ここなんだ？　もっと広いとこでやってると思った」

どんな光景を想像していたのだろう。いきなり発表会ではないのだし、お教室なんだからビルの一室でなんの不思議もないのに。

「いらっしゃい。西本杏梨ちゃんね」

先生がやさしく声をかける。明美さんが「よろしくですー」と軽く頭を傾けた。

レッスンの間、杏梨ちゃんは足をぷらぷらとさせながら退屈そうにしていた。みずほもちらちらと杏梨ちゃんのほうに気を取られている。

おしまいまで五分のところで、先生が杏梨ちゃんに言った。

「杏梨ちゃんも少し、やってみる？」

杏梨ちゃんは嬉しそうに椅子から飛び降りる。先生がみずほの隣に椅子を置き、杏梨ちゃんはそこに座って両手を伸ばした。

先生がゆっくりと杏梨ちゃんを導いていくが、彼女は耳を貸さない。人差し指でぽんぽんと自由に鍵盤を叩き、調子っぱずれな音が高く響く。

きゃはははははは。

杏梨ちゃんとみずほの笑い声が二重奏になって、教室を満たした。

私も苦笑しながら、先生に申し訳ない気持ちでいっぱいになる。ほどなくしてレッスン終了のベルが鳴り、どうか杏梨ちゃんがピアノ教室に通いたいと言い出しませんようにと祈るのがせいいっぱいだった。


それから数日後、明美さんからグループラインがきた。

「見つけちゃった！　これ、紗羽ちゃんだよね？」

リンクを張られたサイトは、私が昔、アイネストとして大会に出たときのネット記事だった。ひやりと、いやな汗がにじみでる。

黒バッジをつけた二十代の私が、ステージの上で特別賞の盾を掲げている画像。旧姓ではあるもののフルネームで名前が載っていた。

「すごーい」

「えっ、紗羽ちゃん、超キレイじゃん！」

「知らなかったー！」

スマホ画面に次々と文字が並ぶ。

私はあわてて、どう返せばいいのかをぐるぐると考えた。

過去の栄光を「すごい」と言われるのが苦しかった。ママ友たちの腹のうちが、こわかった。

「こんなの、たいしたことないよ」

そう打ち込んですぐ、あ、言葉選びを間違ったかな、と思った。

「既読」の数が一瞬で増える。でも、誰も反応がない。

足先からざわざわと不安が上がってくる。

どうすればいいんだろう。何を、何を言えば。

「だいぶ昔のことだし」

そう打ったあと、急いで、汗をかきながら笑っているおどけたスタンプを押した。

しばらくして明美さんから、犬が拍手しているスタンプだけが返ってきて、それきり、トーク画面は静かになった。

翌朝、びくびくしながらバス停に行くと、明美さんが、

「あ、紗羽ちゃん」

と笑顔で言った。文江ちゃんも果保ちゃんも、いつもと変わらない。

こわばっていた体が、ほっと緩んだ。

よかった。私の考えているほど深刻な事態にはなっていなかったらしい。

話題の芸能ネタで盛り上がっているうちにバスが来て、子どもたちを見送る。お天気がいいから今日は布団を干そうかな、と思っているところに、明美さんが言った。

「ね、今日はサマろうかって、さっきみんなで話してたんだけど、紗羽ちゃんも行くでしょう？」

行きたいとは思えなかった。だけど、誘ってくれたことにほんの少し安堵も覚えていた。仲間外れにはされていない、大丈夫。

私はうなずいて、彼女たちと一緒にマレーの中に入っていく。

サマンサの奥のテーブルで、私たちはいつものようにドリンクを飲んだ。少しの間、幼稚園の話をしたあと、明美さんが私の顔をじっと見た。

「あのさ、ちょっと気になったから、言うね」

え、と私は身を固くする。明美さんはもったいつけるようにゆっくりと続けた。

「ピアノ教室の見学のことなんだけど」

ピアノ教室？

昨日のアイネストの記事じゃなくて？

予想外の展開だった。明美さんは眉間に皺を寄せながら、唇を横にゆがめた。笑っているようで目が怒っている。

「杏梨が上手に弾けなかったとき、みずほちゃん、杏梨のこと笑ったじゃない？」

は、と訊き返しそうになった。明美さんが何のことを言っているのか、すぐにはわからなかった。だって、あれは。

明美さんはさらに顔をゆがませる。

「私、胸が痛んじゃって。みずほちゃんは前からピアノやってるから、ある程度できるのは当たり前だと思うんだよね。初めて鍵盤を触った子のことを笑うのって、どうかなって、ちょっとびっくりしちゃって」

そんな。そう思ったなら、ふたりのときに言ってくれればいいのに。どうしてわざわざみんなの前で……。

文江ちゃんも果保ちゃんも、能面みたいに表情のない顔でじっと私を見ている。私の知らないところで、すでにみんなでその話をしていたらしいことは明らかだった。

私は必死で弁明する。

「ご、ごめんなさい。でもみずほ、そんなつもりじゃなかったと思うの。楽しかっただけなんだと思う」

明美さんはふっと鼻で笑った。

「そういうのって、笑われたほうはぜんぜん楽しくなかったりするのよね」

しまった、よけいに怒らせてしまった。とにかく謝らなくては。

「杏梨ちゃんにいやな思いさせちゃったなら、ごめんなさい。みずほにはよく言って聞かせるから」

明美さんはすっと視線をそらし、腕を組んで低くつぶやいた。

「まあ、あんな高級新築マンションにお住まいのセレブさんにはわからないかもしれないけど」

びっくりした。そんなふうに思っていたのか。

「セレブなんて」

「セレブだよ。うちのだんなの稼ぎじゃ無理。紗羽ちゃんはネット記事に載っちゃうぐらいにバリバリ仕事してた人だから、感覚が違うんだろうけどさ」

「そんなこと……」

「ラインで言ってたじゃん。あの記事をみんなが褒めたら、たいしたことじゃないって。

紗羽ちゃんにとってはそうなんだろうね。うらやましいよ。前から紗羽ちゃんって、私たちの話にもかなりてきとうっていうか、聞き流してるところあったよね」

頭の中が真っ白だった。

もうこの場を立ち去りたかった。

でもここで私が逃げたりしたら、今度はみずほに影響があるんじゃないか。

明美さんが杏梨ちゃんに何を吹き込むかわからない。もう遊んじゃいけないとか、みずほちゃんはいじわるな子だとか。

みずほを守らなくてはいけない。なんとか気持ちを抑えて、場を繕わなくては。

だけど、守るってどういうことだろう？

私はここで、みずほの汚名をそそぐべきなのではないか？

何を言えばいい？　どう言えば？　ああ、言葉が見つからない。

私が黙り続けていると明美さんは背もたれによりかかり、ふうっと大きく息を吐いた。

「もういいわ。責めたわけじゃないのよ、ただ、こういうことはちゃんと言っておかないとと思って。これからも杏梨と仲良くしてやってね」

「……本当に、ごめんなさい」

「もういいってば。気にしないで」

うつむきながら私は答える。

釈然としないまま、小さく「ありがとう」と。

それから私は、彼女たちからわかりやすく省かれた。

私がそばにいても、三人とも私なんかいないかのように目を向けずに話し続けたり、私抜きでサマっているのがあからさまにわかるような行動をとられた。

そうかと思うと、明美さんが急になれなれしく軽い頼み事をしてきたりして、距離の取り方がまったくわからなかった。

みずほと杏梨ちゃんは特に問題なく仲良くしているようで、それだけが救いだった。でも、これからどうなるか安心はできない。

ぽつんとひとりでいるとき、同じくぽつんとしている絹川さんの姿を意識することはあった。でもだからといって話をするきっかけもない。絹川さんはバス停で友樹くんを送り、迎えることだけに徹底していた。

あんなふうになれたらいっそ、楽だろうなとも思った。だけど私と絹川さんは違う。彼女は最初からあのスタンスを貫いているんだろうけど、私は途中から入ってきて、一度は仲間に加わってしまった。なんとか関係を元に戻さなくては、卒園まで針のむしろだ。どうせ本物の友情なんかじゃなく「ごっこ」なんだから、みずほのためにもうまく立ち回りたいのに。

幼稚園のない週末が、本当に心休まった。

日曜日、珍しく佳孝が家にいたので、みずほを頼んで私だけアサヒストアへ行くことにする。

みずほと手をつなぐための片手が空くと気づき、それなら、クリーニング店にも寄っていこうと決めた。佳孝のワイシャツ数枚と、シミ抜きしたかった白いブラウス、みずほが絵の具をこぼしてしまったスモック。それらを大きな紙袋に入れて私は外へ出た。

秋の空は澄み渡っていて、気持ちよかった。ひとりで風に吹かれて、今の私には、それだけでもじゅうぶん息抜きになった。

だいたいの服は洗濯機にかけるようにしているけれど、それでも必要なときに私が行くのはサンライズ・クリーニングだ。いつもベリーショートのおばあさんが店番をしていて、仕上がりまでに少し時間はかかるけれどとても安い。そして、すごくきれいになって戻ってくる。

今日もおばあさんはお店にひとりでいて、私を見ると「ああ、樋村さん」と言った。そんなにしょっちゅう来るわけではないのに、名前を覚えてくれているのだ。

ワイシャツの枚数を数え、ブラウスやスモックのシミをチェックしたあと、おばあさんはひょいと私のほうに顔を向ける。

「だいぶ過ごしやすくなってきたよねえ。今年の夏は本当に、暑かったから」

「ええ。今日は風が気持ちいいくらい」

引換券を受け取りながらそんな話をしていると、背後でドアが開いた。

ふとそちらに目をやり、私は思わず「あ」と声を上げる。

雫田さんだった。

深緑のポロシャツではなく黄色いカットソーを着ていて、バッジもつけていなかったけど、すぐにわかった。

彼女のほうもすぐに私のことを認識したらしく、ぱっと目を開いて笑ってくれた。

「こんにちは」

耳触りの良い声。職場を離れても気持ちのいい人だ。

私も「こんにちは」と返し、カウンターから体をずらして雫田さんに場所を譲る。

雫田さんは預けていた服を引き取りに来たらしい。引換券をおばあさんに渡し、折り畳んだ大きなナイロン袋を広げた。

いったん奥に入っていったおばあさんが、服を持って出てくる。

「美冬ちゃんのブレザー、ボタンが取れそうだったからつけておいたよ」

「あら、気がつかなくて。ありがとうございます」

ビニールに包まれた紺の制服。高校生の娘さんがいるのか。

なんとなくその場を去りがたくて私が立ったままいると、雫田さんはにこやかに私のほうを見た。

「ここ、サービスいいでしょう。良心的な値段で服の修繕もしてくれるのよ。おばあちゃん、洋裁も和裁もプロだから」

「ちゃんと手入れすれば、まだまだ着られるからね」

おばあさんが誇らしげに言う。

「サンライズ・クリーニングのカバヒコよね、おばあちゃんは」

雫田さんがそう言い、おばあさんと顔を見合わせて笑った。

「カバヒコ?」

初めて聞いた名前だ。きょとんとしている私に、雫田さんが説明してくれた。

「その先に日の出公園ってあるんだけど、そこにいるカバ」

「あ、知ってます！」

あのオレンジ色のアニマルライドだ。あの子、カバヒコっていうんだ。

「カバヒコにはね、自分の体の治したいところと同じ部分を触ると回復するっていう伝説があるのよ」

「ええっ」

素直に驚いて、叫び声が出た。おばあさんが大真面目な顔で言う。

「ほんとだよ、あたしなんてカバヒコの腰をなでてたらヘルニアが治っちゃったんだから」

あんな、ペンキの剝げたカバにそんな力が。

「人呼んで、リカバリー・カバヒコ！」

人差し指を立てた雫田さんがドラマチックに言い、おばあさんがぼそりと続けた。

「…………カバだけに」

カバだけに、リカバリー・カバヒコ。思わず頰が緩む。

「でもそんな話、本気にしてる人も少ないけどね。あの公園もカバヒコも、どうも華がないっていうか」

おばあさんが、なんだか泣き笑いみたいな表情を浮かべる。

私はふたりに笑って見せたけど、内心、ドキドキしていた。

都市伝説でも迷信でも、今、私の求めているものがこんな近くにあったなんて。むしろ医学ではなんともならない、私がリカバリーしたいこと。

私は軽くお辞儀をすると、店を出た。

そのまま、まっすぐ公園に向かう。敷地には相変わらず人気（ひとけ）がなく、当たり前だがカバヒコは変わらずそこにいて、なんだか私を待っていてくれたように見えた。のんきな顔もずんぐりむっくりな体も、急に可愛らしく思えてくる。

「カバヒコ」

私は彼を呼んだ。そしてそっと、にいっと笑っているみたいな口を触る。

カバヒコ、お願い。

ちゃんと話ができた頃の私に戻して。

ママ友たちとの関係を、修復して。お願い。お願いします。

カバヒコはただ、やんわりとほほえんでいる。私はカバヒコの口を何度も何度もなでながら、涙をにじませた。


翌週、バザー係のミーティングがあった。

ミーティングのあとそのまま子どもと一緒に帰れるように、私たちは幼稚園の終わる一時間前に園内二階の多目的室に集まった。

明美さんたちは三人で一緒に来たようで、固まって座っていた。その他にも十人ほどのママたちがいて、それぞれに近隣で雑談している。私は隅の席で手持ち無沙汰に手帳を広げていた。

明美さんがメインになって、ミーティングを進行する。品物の収集、選(え)り分け、値段付け。スケジュールを立てながら、係を割り振っていく。日用品、食品、手芸品、ゲームコーナーと、売り場の担当も決めた。短時間でさくさくと決まっていくのは、ひとえに、明美さんの豪快ともいえる威圧感と、事の運びが停滞しそうになるとすぐにくじを引かせ、結果に有無を言わせない押しの強さからだった。

ひとつ、ママのひとりから質問が出た。売れ残った品物をどうするかということについてだった。上の子が他の園に通っていたときバザー係になったことがあるのだが、廃棄するのは気が引けるし、翌年に持ち越しても売れないことが多いらしい。

明美さんは事もなげに言った。

「売り場の担当さんには責任を持って売っていただくってことで、売れ残ったものはその担当さんの買い取りでいいんじゃないかしら」

明美さんはゲームコーナーの担当になっている。売れ残りが出ない「売り場」だ。

ざわっとしたが、明確な意見を言う人はいない。明美さんは声高に畳みかけた。

「まずはバザーで売れるように、それぞれで努力すればいいのよ。それでもだめだったら、そのあと自分でメルカリにでも出せばいいんじゃない？　高く売れればその人のお小遣いにもなるし」

名案とでも言いたげだった。

明美さんが「ああ、そろそろ時間ねぇ」とわざとらしく壁時計を見やり、ミーティングが強制的に終わりそうな空気になったときだ。

「それは、違うんじゃないでしょうか」

私の向かいから声が飛び、一瞬で場がシンとした。そちらに顔を上げると、長い黒髪が目に映る。

絹川さんだった。静かでやわらかな、淀みのない口調で彼女は続けた。

「私たちは全員が平等に係として割り振られただけです。もちろん持ち場での販促には力を入れるべきですが、売れ残りの責任を自腹で取る必要はないと思います」

明美さんが口ごもる。

「……それは……じゃあ、絹川さんはどうにかできるっていうの？」

「どうにかできるように、私もこのミーティングで皆さんと一緒に考えられたらと思うのですが、いかがでしょうか」

絹川さんは決して好戦的ではなく、穏やかにほほえみさえ浮かべていた。

その笑みに見覚えがある気がして、私はハッとした。

カバヒコ？

ああ、私は何を考えているんだろう。こんなときに、絹川さんとカバヒコが重なるなんて。スレンダーで涼しげな絹川さんと、丸っこくてとぼけた顔のカバヒコなんて似ても似つかないのに。

でも、私の奥でなにか、氷のようなものが溶け始めていた。

「あの」

自分でも知らずのうちに、声が出る。明美さんが目を見開いて私のほうを向いた。だけど私は……私の口は、動き出していた。

「最初に品物を集めるときに、ある程度の条件をつけたらいいかもしれません。何かの景品やおまけなどは受け付けないとか」

前の幼稚園でバザーをやったとき、係のママが言っていたのを思い出したのだ。私の言葉を受け、さっき質問したママがうなずいた。

「ああ、そうよね。キッズメニューについてるおもちゃとか、ぜんぜん売れないのよ」

それを皮切りに、それまで黙っていたほうぼうから、少しずつ案が出てくる。

「洋服や靴も、引き取るときに係がチェックしたほうがいいですよね。あまりにも古いのとか傷みがひどいのを持ってくる人もいるし」

「後半に入ったら、商品を抱き合わせにして値下げするとか」

「小物やおもちゃは、最後はゲームコーナーの景品にまぜたらいいんじゃない？」

明美さんは最初のうち口をへの字に曲げていたが、絹川さんに「どうでしょうか？　西本さんにまとめていただけると助かります」と低姿勢でおうかがいを立てられて、気を良くしたようだった。

明美さん主導で意見が整理されたあと、彼女は全体を見回して言った。

「皆さんで協力し合って、楽しいバザーにしましょう」

そうしてミーティングは終了し、みんなばらばらと帰っていった。

胸が、熱く高まっていた。

部屋を出ようとする絹川さんを、私は思い切って呼び止める。振り返った絹川さんに、思わずこんな言葉が口を突いて出た。

「ありがとうございました」

久しぶりの、心からの感謝の気持ちだった。絹川さんは「ええ？」と不思議そうに小さく笑う。

私は懸命に言葉をつなげた。

「絹川さんのおかげで、私も、ちゃんと話せました」

今になって、よくわかった。

毎朝、バス停で必ず「おはようございます」と挨拶する絹川さん。私も含め、たいして返事もしないママ友たち。

彼女は決して無口だったのではない。誰よりもはっきりと、大切なことを言葉にしていたのは絹川さんだ。そんなことを、ミーティングでやっと気がつくなんて。

私は、ちゃんと話せる自分に戻りたいと思っていた。

でもそれは、単に「たくさんしゃべれる」ということではなかったのだ。

本当の「話せる」って、「必要なことをきちんと伝えられる」ことなんだから。

「こちらこそ、樋村さんが真っ先に提案してくれたから心強かったです」

絹川さんが、にっと笑う。やっぱり、カバヒコみたいだと思った。

ひとりでどっしりと構えて、動じないで、やわらかく笑みをたたえて。

「……今日は、お仕事は」

私がおずおずと切り出すと、絹川さんは軽く首を横に振る。

「今日はお休み」

私は思い切って訊ねた。

「何のお仕事をされてるんですか」

絹川さんは躊躇（ちゅうちょ）なく、すっきりとした笑顔で答える。

「自宅の離れでヨガ教室を開いているの」

ヨガ教室！

あまりにも絹川さんにぴったりで、いろいろなことが腑（ふ）に落ちた。姿勢のいい立ち姿や、ブレない精神状態や、どこかミステリアスな雰囲気や。絹川さんは続ける。

「本当は、友樹がもう少し小さいうちに保育園に入れようと思ったんだけどね。自営なうえ自宅だし、フルタイムでもないから審査になかなか通らなくて。三歳のタイミングで幼稚園に入れたとたん、夫が転勤で単身赴任」

絹川さんはふふっと笑って首をすくめた。もっと早くに、こちらからちゃんと話しかければよかった。こんなふうに打ち解けてくれるのなら。壁や距離を作っていたのは私たちのほうだったかもしれない。

「じゃあ、家では完全ワンオペ？」

私も敬語を外した。絹川さんはうんうん、と大きくうなずく。

「だから自分でペースを整えていかないと、何も進まないのよね。幼稚園の役員や係って、一年中ちょこちょこ作業やミーティングがあるでしょう。バザー係は、やるときはボリュームあるけど短期集中で終わるから、そこだけ仕事の調整すればいいのがメリットだなと思って決めたの」

私は思わず息をついた。明美さんに押し切られて、やりたくもないのにバザー係を選んだ私とは大違いだ。

絹川さんと一緒に階段を下りて、子どもたちの待つ一階の教室に行く。

明美さん率いるいつもの三人組とその子どもたちの姿は、もうなかった。

教室の隅で、友樹くんとみずほが折り紙をしていた。そうだ、親同士なんか関係ない。子どもは自分で遊ぶ相手を探すのだ。みずほが私に気づき、ぱたぱたと走り寄ってくる。

「ママ！　これ、友樹くんに教えてもらって作ったの」

小さな手には、花の形をしたピンク色の工作があった。真ん中の白い円の中に、みずほのあどけない文字がペン書きされている。

ひむら　さわ。

私の名前。

「あげるね。ママのだよ」

満面の笑みで、みずほが首をかしげる。花の裏には、丸めたセロハンテープがくっついていた。

それは我が子が与えてくれた、私の新しい「バッジ」だった。

十一月、バザー当日。

私は洋服売り場に立っている。

子ども服を中心に、衣類をディスプレイして値札をつけた。目の前にお客さんが来ると嬉しい。なつかしい感覚。規模も扱うものも違うのに、心が躍った。やっぱり私はお店に立って接客することが大好きなのだと、あらためて実感する。

仕事を、探そうと思った。短時間からでいい、今の私にできる範囲で。明るくてムクムクしたものが湧き起こっていた。きっとそれは、自信とは少し違う。シンプルに、「やってみたい」という清々(すがすが)しい欲望だった。

あれから私は、送迎のバス停に行くことがこわくなくなった。

「おはようございます」と挨拶をし、必要があれば誰かと会話をし、バスに乗り込んだみずほの笑顔にさらなる笑顔で手を振る。じゅうぶんだ。そのための時間なのだから。

みんなでサマることもなくなった代わりに、私は時々、絹川さんのヨガ教室に参加するようになった。

そう、私は、ママ友との関係をリカバリーしたのだ。自分にきちんと合うように。ごまかしのない私でいられるように。

もう流されたりしない。やるべきことを、やりたいことを、私のペースでしっかりやっていく。

胸にはとても素敵な花形のバッジがついている。

この世界は「ごっこ」なんかじゃない。私は、誰にも代わることのできないみずほの母親として、たったひとりの「樋村紗羽」として、このリアルを生きているのだ。

お客さんが売り場の前で足を止め、一枚のシャツを手に取った。

私はそのシャツの魅力を伝える。手触りの良さ、縫製の確かさ、どんなボトムと合わせたらいいか。

お客さんが目を細め、「じゃあ、これいただきます」と言った。

私は小銭を受け取り、楽しそうに去っていくお客さんに向かって頭を下げる。
「ありがとうございました」と、感謝に満ちた晴れやかな気持ちで。

第3話
ちはるの耳

新沢ちはるさん、と名前を呼ばれ、椅子から立ち上がった。

初めて来た耳鼻科の待合室は、びっくりするほど混んでいる。

「はい」

自分の声が、くぐもった耳の中で不穏に響く。気味が悪い。

どうしてこうなってしまったのだろう。少し前から、耳がふさがれるような閉塞感に苛まれていた。

痛いわけではない。外の音が聞こえないわけでもない。

でも、なんともいえない不快感が私を襲う。

自分の声ばかりか、呼吸音さえも耳から頭に反響してくるのだ。一日中それを意識させられるのは苦痛で仕方ない。

子どもの頃から、病院など縁遠い健康体のはずだった。どこの耳鼻科が良いのか、どうやって探せばいいのかさえもわからなかったぐらいだ。

看護師に案内されて診察室に入ると、気の弱そうな年配の男性医師が座っていた。彼は私に淡々と質問をし、その回答をカルテに書き付けた。

先端に漏斗のようなものがついた銀色の器具を使って耳の中を診たあと、医師は私に訊ねた。

「食事はとれていますか」

あまり、と答えるその声も、耳の中で打ち返される。

医師は納得したようにうなずき、こう言った。

「急に痩せたんでしょう」

気の毒そうな目が私に向けられている。不意に泣きたくなった。

なんだかまるで、「あなた、不幸なんでしょう」と言われた気がして。


目が覚めたらもう昼過ぎだった。

誰もいないリビングのソファに座り、テレビのリモコンを手に取り電源を入れた。

ワイドショー。古いドラマの再放送。テレビショッピング。

どれもつまらない。私の見たいものはない。

そう思ったあとすぐ、何をえらそうに、テレビに向かって不満なんか言える立場じゃない、と軽く自己嫌悪に陥る。

平日の昼間、パジャマを着たままソファにもたれているだけの、怠惰な自分を私はもてあましていた。

耳管開放症。

それが私が受けた診断の病名だった。

「通常は閉じている耳管が、開きっぱなしになってしまうんです。耳の中の圧がうまく調整できなくなっている状態です。原因は私からの断定はできませんが、急な体重減少や、睡眠不足や……」

そこまで説明したあと、医師は一呼吸をおき、話をまとめるように続けた。つまり、という総括のようだった。

「ストレスや過労で引き起こされることが多いんです。薬も出せますが、まずは休まれたほうがいいかもしれません。診断書が必要ならお出しします」

今の私にとって、ストレスで引き起こされたであろうこの症状こそがストレスだった。

私はブライダルプロデュースの会社で働いている。

接客、打ち合わせ、営業、各種業務の手配。挙式の当日にはもちろん立ち会って、お客様をご案内したり、スタッフに指示を出したりしなくてはならない。

ウェディングプランナーとしての仕事は、細かいことから大がかりなことまでたくさんある。

お客様にとって一世一代のおめでたいイベントなのだから、常に笑顔でいることも必須だった。

そんな中、人と話すたびに自分の声が跳ね返ってくるこんな状態では、挨拶ひとつさえしんどかった。それがまたストレスで気が滅入り、負のループを繰り返していた。

それで私は、診断書と薬の両方を求めた。すがるような想いだった。

医師からは漢方薬が処方された。直接耳を治すというよりは、血流を良くしたり、精神を安定させたりする働きがあるらしい。

急に痩せたんでしょうと、憐れむように言った医師を思い出す。

実際、私は一ヵ月で五キロ以上痩せていた。もともと細いほうで、周囲からはいつも「痩せの大食い」と言われていたのに、食べ物に関する欲求がまるでなくなり、ゼリーなどをなんとか口に押し込んでしのいでいた。

身長百六十センチに対して四十キロ台半ばだった体重が、みるみる減っていく。三十キロ台になってからはもう、体重計に乗るのもこわくなってしまった。

私はテレビを消して立ち上がり、キッチンに向かった。

何か口にしなければ。

その前に、食前で指定されている漢方薬の封を切る。漢字の並んだシルバーの個包装が、自分は病なのだという意識を強くさせた。

休職してから二週間が過ぎていた。

だけど、うまく休めている自信がない。会社から休職を認められたときは安堵感を覚えたものの、日が経つにつれ、これでいいのだろうかと自分を責めたくなっている。

両親はふたりとも教員で、朝早く家を出て夜遅くまで帰らない。父の職場は私立高校、母は公立中学校だ。働き者の家族の中で、若い私だけが家でごろごろしているのが申し訳なかった。

治療といっても、手術や入院が必要なわけではないのだ。ただ、少しずつでも食事がとれるようにしながら、体を休めながら、耳が元に戻るのを待っている。

お気楽な病気と思われても仕方ない。熱や痛みがないぶん、このしんどさを人にわかってもらうのは難しい気がした。はっきり目に見えるようなものでもなく、出口のないトンネルに入ってしまったようで先がわからず、もどかしい。

耳の閉塞感は、横になると楽だった。詰まるようなぼわっとした感覚が、すっと正常に落ち着く。それでつい、症状がしんどくなるとソファに倒れ込んでしまうことが多い。

せめて本でも読もうと思うのだが、寝転んでそうしていると、文庫を開いたままうとうとして眠ってしまう。すると夜には眠れず、朝は起きられず、悪循環だった。

耳ばかりではなく、心もどんどんふさいでいくのがわかる。

たとえこの休職で耳が良くなったとしても、私はまたあの会社に戻って元気に働くことができるだろうか。そう思うと憂鬱だった。

大学を卒業し、入社してから三年。二十六歳になっていた。先輩の補佐から始めて、やっとひとりでお客様の担当を任されるようになって、充実していたはずだった。

ブライダル業界はずっと私の憧れだった。人の幸せに寄り添い立ち会えるウェディングプランナーになれたことが、本当に嬉しかったのに。

私は仕事が大好きだったのに。

同じ部署にいる澄恵（すみえ）の顔を思い出し、腹から苦いものがせり上がってくる。まつエクのしっかりついた大きな瞳。よく通る高い声。その無邪気な明るさをもって、私を乱す澄恵。

彼女が同業の他社から転職してきたのは半年前だ。私よりひとつ年下だけど、専門学校を出てすぐに就職しているのでキャリアは長い。

ハキハキと物を言い、スピーディーに決定事項を進めていく澄恵は、じっくりとお客様と向き合いたい私とはタイプが違う。どちらが良い悪いということではないと上司に言われたことがあったけど、彼女の成約率が高いのは歴然だった。

澄恵に圧倒されたせいで病気になったというのは、あまりにも過ぎる言い訳かもしれない。でも、彼女の存在によって私に余裕のない状態だったのは確かだ。

営業ノルマがこなせず、常に焦燥感にかられていた。小さなミスが多くなり、そのたびに自分はなんて無能なのだろうとひどく落ち込んだ。お客様の反応もいちいち過剰に捉えがちになり、どんどん自信がなくなっていった。

私も澄恵のようにならなくてはいけないのだろうか。

とにかく疲れていた。いろいろなことに。

グラスに注いだ水で、漢方薬の粉末を口に流し込む。形容しがたい、おかしな味だ。これが私を元気にしてくれるなんて思えない。

リビングの中は午後の陽が入って明るかった。

何を食べればいいのか思いつかず、私は窓を開けて外を見る。

四月にこのマンションに引っ越してきた。アドヴァンス・ヒルという五階建ての新築分譲マンションで、両親は自分たちの終(つい)の棲家(すみか)だと言っていた。

まじめな人たちだ。世間から一度も脱線することなく、一生懸命働いて、お金を貯(た)めたのだ。

教壇に立ち続けた彼らは、伏せっている私に過干渉はしてこない。もしかしたら、いろんな事情で動けなくなった生徒をたくさん見てきているのかもしれない。

三階に構える我が家のベランダからは、ちょうど向かいの建物がじゃまにならず空が見える。

十月の爽やかな秋晴れだった。ウェディング日和。書き入れ時のシーズンなのに、私は何をしているのだろう。

こんな日は、世界中がみんな外の美しさを謳歌しているような気がした。私は閉じこもっているのに。雲ひとつない青空をつらいと感じる自分が、苦しかった。


「あっ、いけない。卵がない」

夕食後、扉を開いた冷蔵庫の前で母が言った。

毎朝、父と自分の二人分のお弁当を作っていく母に卵は必需品なことを、私は以前から知っていた。

時計は夜九時を回っている。最寄りのスーパーは閉店時間を過ぎてしまった。

私はソファから立ち上がる。

「私、コンビニで買ってくるよ。明日の朝、要るでしょう」

「いいよ、卵焼きなしでもべつに」

扉を閉じながら母は笑ったが、私はパーカーを羽織り、スマホをポケットに入れた。

「ちょっと散歩してくる。体がなまってるし」

それは事実そうだった。

少し体を動かしたほうがいいのはわかっている。でも日中はだるくて仕方なかった。陽が暮れてからのほうが、いくぶんすっきりしているのを感じていた。

「気を付けてね」

「うん」

この時間は多くの人がもう、仕事を終えて家でくつろいでいる。

そう思うとなんだか気が楽になった。

自分が働いていないからといって、そんなに引け目を感じなくていい。家族の手伝いをすることも私を落ち着かせた。コンビニに卵を買いに行くぐらいのことだけど。

財布の入ったトートバッグを肩にかけ、外に出た。

右、左と交互に進むスニーカーを見つめながら、歩道を歩く。顔を上げれば、車のヘッドライトや信号が闇の中でぴかぴかと瞬いてきれいだった。

そのときピコッと、ラインの着信音が鳴った。

パーカーの右ポケットからスマホを取り出す。

光る画面に文字の羅列。

「体調はどう？」

同期の島谷洋治(しまたにようじ)からだった。

ドキリと、痛みを伴って心臓が鳴る。

　通知だけ見て開かずにいようと思ったのに画面に触れてしまい、既読にしてしまった。仕方ない。私は道の端で立ち止まり、短く返信を打った。

「変わらずかな」

　するとすぐに既読がつき、吹き出しが現れた。

「そうか。俺も変わらずだよ。仮予約、三件続けてキャンセルになった」

　泣き顔のウサギのスタンプがつく。

　私はそのウサギをぼんやりと眺めた。

　私が休職してからも、洋治は時々こんなふうに連絡をしてくる。

　彼は私にどうしてほしいのだろう。私はどうすればいいのだろう。

　洋治は物腰が柔らかくて人当りがいいけれど、そのぶん本心がつかみきれない。騙された気分になる。あの優しい笑顔の裏で、誰かを傷つけていることを彼はわかっていない。

　そういう意味では、澄恵と似たタイプの人種なのだと思う。

　これまで、彼の言動にこっそりと心を痛めることが何回もあった。だからといって、私は本人に向かってそれを指摘したことは一度もない。同じ会社で顔を合わせるのだから、気まずくなりたくなかった。

　私が我慢すればいいだけ。それだけだ。

　元気なときなら笑って平静を装うことができたかもしれないが、不調を抱える今の私にとって、洋治は会いたくない人だった。

というよりも、会うのがこわい人だった。澄恵の次に。

洋治がどういうつもりで連絡をしてくるのか、彼の真意を考えないように、距離を保つことしか私にはできなかった。

私は返信をせず、そのままスマホをポケットにしまう。

夜道を歩き出し、コンビニの前まで来たところでまたラインの着信音が鳴った。

たぶん洋治からだろう。見たくない。

店の中をあてもなくゆっくり物色し、卵を買い、トートバッグに入れてから、やっと画面を開く。

「俺もぼちぼちやっていくから、ちはるも無理すんなよ」

…………優しいね。

私は笑えないままスマホを持ち直す。

猫が「ありがとう」と頭を下げているスタンプをひとつ押し、画面を閉じた。

洋治とのラインを終えたあと、なんだかざわざわしてきて、そのまま家に帰る気になれなかった。

来た道を戻らずに、コンビニの先まで歩いていく。

住宅街に入り込むと、古い一軒家の一階にクリーニング店があった。店はもう閉まっていたけど、赤い庇に「サンライズ・クリーニング」とある。

たぶん昔からそこにあって、ずっと地域の住人に利用されているのだろう。

店の前の自動販売機で、私はなんとなくホットコーヒーを買った。

寒いとは思っていなかったのに、缶のあたたかさが手に伝わって気持ちいい。それでようやく、指先が冷えていたのだと知った。

バッグには入れず、缶を持ったまま歩き続ける。細い遊歩道は、団地へとゆるやかにつながっていた。

部屋の灯り（あか）が、カーテンを通してまばらな色合いで散らばっている。窓を開けている家もあるようで、いろんな音といろんな匂いが混ざって漂っていた。

道の途中で、ベージュのトレンチコートを着たおじさんとすれ違った。ケーキの箱を持っている。家路を急ぐサラリーマンだろう。この団地の群れのどこかの棟に住んでいるのかもしれない。

この四角い箱の中に、部屋がいくつもいくつもあって、その中にそれぞれの家族が住んでいて……。

たくさんの人が結婚したんだな。

そしてこれから結婚する人も、いるんだな。

私はこの先、するのかな、結婚。そういう人と出会うんだろうか。

着地できない考え事をめぐらせながら少し進むと、公園が見えてきた。グレーの石板に「日の出公園」と刻まれている。

日の出。

サンライズ。

そうか、あの店名は町名からとっているのだ。そう気づいて納得した。

公園には、誰もいない。入口にふたつ、奥にふたつの外灯がついていた。蛍光灯に照らされて、ずんぐりむっくりした何かが浮かび上がっている。

カバのアニマルライドだった。

ほっくりと人畜無害なその姿に安心感を覚えて、私は近づいていく。

塗料の剝がれまくったそのカバは、黒い瞳もところどころ白くなっていて、まるで涙目に見えた。なのに、口はふにゃっと笑っていて、なにやらけなげだ。

あどけなくこちらを見上げているそのカバに、心がふんわりと緩んだ。

私はカバに腰かけ、丸い背中にそっと手を置いた。

缶コーヒーの蓋(ふた)を開ける。口元に持っていくといい香りがした。こくり、と一口飲むと耳の奥でそれが復唱される。こくり。

いまだに慣れない。いつになったら治るんだろう。

「耳管開放症」という病名を診断されたとき、ぱっとその漢字が浮かばなかった。

ジカンカイホウと聞いて頭に浮かんだのは「時間解放」だった。

時間を戻したいという気持ちの表れだったのかもしれない。ただ楽しかった頃に。

私はジーンズを穿いているのをいいことに、足を広げてカバにまたがった。

ふと、稲代さんというお客様を思い出す。

「私が白馬に乗って登場とか、できませんかね！」

そう声を張り上げた稲代さんは、五十五歳の男性だった。

新婦さんの三倍はあるんじゃないかと思うぐらい大きな体で、前のめりになって早口でしゃべる人だった。

他にも、「誰か、芸能人からのお祝いコメントVTRを撮ってもらえませんか」とか、「優菜にはウェディングドレスのあとに白無垢も着てもらって、それから五回はお色直ししたいんですよねえ」とか、低予算で数々の無茶ぶりをしてくるのだった。

稲代さんは初婚で、奥様の優菜さんは十五歳下だった。モデルさんかなと思うくらい、顔立ちの整った美しい人だった。優菜さんはほとんど口を出すことはなく、ただ黙って稲代さんの隣に座っていた。

結婚式に自分からこうしたいと希望を出してくるのは、新婦さんのことが多い。新郎側からこんな熱いリクエストが次々にくることは珍しかった。

私は内心、えらい人に当たってしまったと思いつつも、感動していた。彼はとにかく、とてもとても一生懸命なのだ。担当したからには、どうすれば少しでも稲代さんの願望が叶えられるか、あれこれ考えるのは楽しかった。

しかし次第に私の耳の不調は悪化していき、稲代さんは私が休職前に挙式まで担当した最後のお客様となった。

体調不良を悟られないようにがんばったつもりではいるけど、挙式直前の大事な時期に、うまくコミュニケーションがとれていたか自信がない。

結婚式当日、稲代さんはずっとむすっとした顔をしていて、最後に軽くご挨拶しただけでお別れしてしまった。

それからずっと気がかりでいる。こちらに何か足りないところがあったのか、不安に思いながらも稲代さんに訊くことができなかった。

不安。そうだ、私はいつも、不安なのだ。

人にどう思われているか。自分の仕事がちゃんとできているのか。

そして今、これから私はどうするんだろう、どうなるんだろうと不安はさらに増す一方だった。

カバにまたがったまま、私はコーヒーを飲んだ。

夜の公園でカバとふたり。空気はしんみり、ひんやりとしていて、さっきまで不穏だった心を落ち着かせてくれた。

私は上半身を前に倒し、カバの頭に頬を寄せる。

またここに来よう。今会うのは、この子だけでいい。


「ああ、クリーニング出さないといけなかった。忘れてた」

母の卵に続き、今度は父だった。

昨晩、寝る前になって思い出したようで、クローゼットをごそごそし始めたのだ。

来週、父の勤める高校で創立五十周年の式典があるのだという。紺のスーツを手に、顔をしかめていた。

父は体育の教諭で、ちゃんとしたスーツはめったに着ない。それも、私が知っている限りこの一張羅しか持っていないと思う。

今年の入学式で袖を通したあと、ぎゅうぎゅうのクローゼットに押し込めたまま忘れていたらしい。

襟が曲がって、皺になっている。裾もだらしなくよれていた。洗ってきれいにしたほうがいいのもあるけど、それよりもパリッとプレスさせる必要がありそうだった。

「私、明日クリーニング屋さんに行ってこようか」

私が言うと、父はぱっと笑顔になった。

「行ってくれるか？」

「うん。ちょうど最近、見つけたし」

せっかくならそれを理由に午前中のうちに動こうと思っていた。昼夜逆転した生活を整えたほうがいいかもしれない。

そう決めていたのに、やはり起きてからぐずぐずとしてしまい、午後三時過ぎにようやく家を出た。まったくたるんでいる。

サンライズ・クリーニングの引き戸を開けると、小柄なおばあさんがひとり、カウンターの向こうに座っていた。顔を上げて、私を見る。

「いらっしゃい」

私は父のスーツをカウンターの上に広げた。おばあさんはさっと眼鏡(めがね)をかけ、それを丹念にチェックした。

「ずいぶん長く着込んでいるね。お父さんのかい？」

おばあさんはちょっと笑った。スーツにも流行(はや)りがあるのだ。古い型のものをいつまでもと、あきれているのかもしれない。

「はい。お恥ずかしいです……」

私が首をすくめると、おばあさんは真顔になった。

「恥ずかしくなんかないよ。一着の服をメンテナンスしながらずっと長く着続けるって、愛(いと)しいことだよ。体と一緒」

「体と？」

私の声が小さすぎて聞こえなかったのか、おばあさんはそれには答えず襟をなぞりながらまた笑った。

「でもお父さん、メンテナンスはあんまり得意じゃないみたいだね。任せておきなさい、シャキッと生まれ変わらせてあげるから」

おばあさんは手際よく引換券を切った。

代金を払って小さな紙の切れ端を受け取り、私は店を出る。足は日の出公園に向かっていた。あのカバに会うためだ。

公園に着くと、先客がいた。見覚えのある顔。

私と同じマンションの二階に住む、樋村さんの奥さんだ。娘さんのみずほちゃんも一緒だった。

樋村家はちょうど新沢家の下の部屋なので、入居したときにタオルを持って一家揃って挨拶に行った。みずほちゃんは幼稚園に通っているようだった。そういえば、マンションの見学会でも居合わせた。可愛い女の子だなと思って覚えていたのだ。

樋村さんの年齢は三十代半ばくらいだろう。いつ見てもきちんとしている。それは高級そうな服を着ているということではなく、清潔感のあるカジュアルな恰好(かっこう)が素敵なのだ。普段着をセンス良く着こなすって、本当のオシャレさんなんだなと思う。

みずほちゃんは楽しそうにブランコを漕いでいる。

その脇で、樋村さんはカバの背に腰を下ろしていた。

公園に来るのはまたあらためようかなと思った瞬間、ふと、樋村さんが私を認めた。

「あら、ちはるちゃん。こんにちは」

にっこりと好意的な笑顔を向けられ、そのまま立ち去るのも感じ悪いかなと、私は公園の中に入る。

この時間にゆるいトレーナーとデニムスカートでふらふらしている私に、樋村さんは「会社は?」などと訊かなかった。普通に受け入れてくれて安心した。

もっとも、私は勤めているときもずっと平日休みだったので、そんなふうに思うのは自意識過剰かもしれない。

樋村さんは、肩からショルダーバッグを斜め掛けして、手には鍵盤がデザインされたトートバッグを持っていた。きっとみずほちゃんのだろう。

「この公園、いいわよね。ちょっと奥まってるし日当たりも良くないけど、そのせいであんまり人も来ないし。私も時々来るの。この子に会いに」

そう言われて、びっくりした。

樋村さんも？

「知ってる？　カバヒコの伝説」

明るく問いかけてくる樋村さんに、私も訊き返す。

「カバヒコ、っていうんですか。その子」

「そうらしいわよ。あのね、体の治したいところと同じ部分を触ると、回復するんですって。人呼んで、リカバリー・カバヒコ。……カバだけに」

樋村さんは人差し指を立て、ちょっとおどけたように笑った。

「……樋村さんも、どこか」

私が曖昧に言葉を濁しながら問うと、樋村さんは遠くを見るようにしてふっとほほえみ、なんだか楽しそうに言った。

「うん、治したいところをカバヒコにリカバリーしてもらった。でもちょっと良くなったからって油断してるとぶり返したりするから、こうやって時々、触りに来るの」

メンテナンス、ってことかな。

あのおばあさんの言葉を思い出しながら、私は樋村さんのどこか満足げな表情を見た。

樋村さんはカバヒコの口に優しく手を置き、子どもをなだめるようにとんとんと叩く。

そしてちらりと腕時計に目をやると、ブランコのほうに顔を向けた。

「みずほ、そろそろピアノ教室の時間だよ」

みずほちゃんが「はあい」と答えてブランコから飛び降りる。

「じゃあ、またね」

バイバイ、と手を上げたみずほちゃんに私も手を振り返し、樋村さんに会釈した。

樋村親子が公園を出るとすぐ、私はカバヒコの前にしゃがみこんだ。

リカバリー・カバヒコ。

あなた、そんな素敵な名前だったの。

私はカバヒコの耳に手を伸ばし、そっとなでた。そっと、そっと。

どうしてだろう。そうしていると、なんだかまるで、カバヒコ自身が耳の不調に苦しんでいるような錯覚に陥った。

つらいね、しんどいね。かわいそうに。

何度もなでながら、胸の奥からせつない想いがこみ上げてきた。

会社で起きた、つらかったことが次々に思い出される。

追い立ててくるノルマ、煩雑(はんざつ)で面倒な出来事、外部スタッフとの行き違い、お客様のクレーム……そんな中で、やはり色濃く私の脳を支配してくるのはあのふたりだった。

澄恵。あの子さえいなければ。

洋治。あいつが悪い。

私がこんなふうになったのは、あんたたちのせい。

休職した私を弱虫だって笑ってるんでしょう。心配してるふりして。

私ばっかり、どうして私ばっかり不幸なんだろう。

ああ、でも、洋治のライン。仮予約が三件立て続けにキャンセル、だって。

軽く言ってたけど、それって相当な打撃だったはずだ。

「いい気味」

思わずそう口にした言葉が、頭の中に跳ね返ってきてハッとした。

今のは本当に、私の声だろうか。

まるで悪魔から耳元でそう言われたようで、ぞくりとする。

私は今、憎々しげに言いながら笑っていた。きっとすごく醜(みにく)い顔をしていただろう。

いやだ。いやだ、いやだ、いやだ。

私は立ち上がり、走って公園を出た。


耳の不調は行ったり来たりだった。それは私をさらに焦燥へと追い込んだ。

少し楽になった数時間後に、またしんどくなってくる。食欲も戻ったかなと思うと、翌朝には受け付けなくなったりした。自分ではコントロールできないことが苦しい。

数日、雨が降り続いて、気圧の変動がますます拍車をかけた。

せっかく「カバヒコの伝説」を教えてもらったのに、公園からも足が遠のいていた。

カバヒコに語りかけるのは、自分の心を鏡に映すようなことだった。私はそれがおそろしかった。

それもあって、クリーニングのことをすっかり忘れてしまっていた。式典を前に、父から「スーツ、いつかな」と言われてやっと思い出したのだ。

引換券を確認すると、仕上がり予定は二日前だった。

夕方に雨も上がったので、私はスーツを入れるための大きな紙袋を持って外へ出た。

サンライズ・クリーニングの引き戸を開ける。

雑誌を読んでいたおばあさんは、顔を上げてページを閉じた。

私が引換券を出すまでもなく、おばあさんは奥に入っていき、ビニールに覆われた紺のスーツをカウンターに持ってきた。

透明のビニール越しにも、スーツが「シャキッと」生まれ変わったのがわかる。

皺にならないように慎重に折り曲げ、私は蘇生したスーツを紙袋に入れる。すると、おばあさんがすっとこちらに手を向けた。

「どうぞ」

おばあさんの手のひらに載っているのは、黄色いセロファンに包まれた一粒のキャンディだった。

ふとカウンターを見ると、ペン立ての脇にジャムの空き瓶があり、その中に同じものがぎっしり詰まっている。

私はミツバチの絵が描かれたそれを受け取った。ハチミツのキャンディだろう。

「栄養あるから。あなた、ちょっと顔色よくないからさ」

おばあさんに言われ、ほろりときた。

あたたかな言葉をかけられるなんて思わなかったので、つい愚痴めいた本音が口からこぼれる。

「なんていうか……いろいろ、不安になっちゃうんです」

不安になっちゃうんです。なっちゃうんです。情けない想いに、自分の声がさらにかぶさってくる。

おばあさんは、ゆっくりと言った。

「不安っていうのも立派な想像力だと、あたしは思うね」

「……想像力？」

「そうだよ。不安っていうのは、まだ起きていないこととか、他人に対して抱くものだろ。それを思い描けるっていうのは、想像力がある証拠」

不安を抱くのは、想像力があるから。

そんなふうに考えたことはなかった。

なんだか救われたような気持ちで、私は深く息をこぼす。

「想像力って、いいことに使うんだと思ってました」

「もちろん。心遣いも思いやりも、すべて想像力だからね。不安がりなあなたは、きっと優しい人だと思うよ」

そんな……そんなこと、ないです。

うまくいかないことを人のせいにしてしまう醜い自分がつらくて、しんどくて。

私はそう思いながら、言葉には出せずに唇を嚙む。

おばあさんはほんの少し、顔を傾けた。

「先のことじゃなくて、誰かのことじゃなくて、今の自分の気持ちだけを見つめてごらんよ。飴でも舐めながらさ」


外に出るともう夕暮れで、陽が落ちていた。

前にここに来た時よりも、肌寒くなっている。季節の移り変わりを感じた。

私はハチミツのキャンディを舐めながら、公園まで歩いた。

日の出公園は相変わらずさびれていて、誰もいない。そのことに安心する。

まるで私だけの秘密基地のように思えた。そしてまるで、カバヒコが私を待っていてくれたように。

私はカバヒコのところまで歩いていき、紙袋を足元に置いた。

カバヒコと向かい合うようにしてしゃがむと、ちょうどばっちり目が合った。

のんびりしたその表情を見ながら、キャンディを口の中でゆっくりところがす。

気休めかもしれないけれど、キャンディを舐めていることで少し耳が楽になるように思えた。なつかしいような素朴な甘さが、舌をくるんでいく。

――先のことじゃなくて、誰かのことじゃなくて、今の自分の気持ちだけを。

私の前に、カバヒコの丸みを帯びた大きな顔がある。

両手で頬に触れ、額に触れ、そして耳に手を置き、ゆっくりとなでた。

「好きだったの」

放った声。

カバヒコが聴いている。そんな気がした。

私は心で打ち明ける。思いのたけを。

洋治のことが、ずっと好きだったの。誰よりも近くにいると思っていたの。

入社した年、たったふたりの同期だった洋治。

すぐに意気投合して、いろんな話をして。

いいウェディングプランナーになるために、お互いがんばろうねって、励まし合ってきた。時間が合えば食事に出かけてレストラン研究したり、日本中の結婚式場のパンフレットを集めて勉強したり、焼肉食べ放題のおごりを賭けてノルマ達成を目指したりもした。

ちはるといると楽しいって、洋治は言ってくれた。なんでも話せるって。

そういう言葉や態度を好意だと受け取って、私はすっかり期待していたのだ。ゆっくりとこのまま自然に、洋治の恋人になれることを。

ずっと、そばにいた。ずっと、洋治を見つめていた。

それだけに、洋治と澄恵が惹かれ合っていることにも私は誰よりも早く気づいていた。だけど、自分からはっきりと確かめることができなかった。それを認めるのが、こわかった。

そんなあるとき、外回りに出た営業の帰り、私は居合わせてしまったのだ。

フレンチレストランの前にいるふたりのデートの場に。

彼らは、立ちすくんでいる私には気がつかなかった。互いに顔を見合わせて笑っているだけだった。

その日、ふたりの休みが同じシフトだったこと、単に食事をしているだけのことだったら、決定打にはならなかっただろう。誰にでもフランクな洋治が、アクティブな澄恵と一緒に「レストラン研究」していたからって、つきあっているとは限らない。

でも、建物の入り口で、澄恵の背に優しくそっと添えられた洋治の手。

私はそれを見て、確信した。

それは、友達に対する仕草ではなかった。あきらかに、愛する恋人への。

会社で噂になっているわけではない。ふたりがうまく隠しているのか、それとも私の思い違いで、ただ仲のいい同僚どまりなのか、わからない。

すでに違和感のあった耳が、極端に悪化したのはそれからだ。

その数日後、洋治から「ちはるにちょっと報告があるんだけど、飲みに行かないか」と言われた。

はにかんだ笑顔。きっと澄恵とのことだと思った。

私はなんだかんだと理由をつけて、彼からの誘いを断った。

どんどん不調が進行する耳。そして洋治とふたりで話す機会を得ないまま、休職してしまった。


どうして私じゃないの？

何度も何度も繰り返される、やるせない想い。

洋治、どうして私じゃなくて澄恵を選んだの。
私に対して、あんなに思わせぶりな態度を取っていたくせに。
澄恵、私から仕事も洋治も奪っていかないで。
私が必死に積み上げてきたものを、簡単に壊さないで。
ひどい。ふたりとも、ひどい。
私を不幸にしたあんたたちなんか、幸せになれるわけない。

カバヒコは潤んだような瞳で私を見つめ返す。
なにもかも、悟っているように。
その顔を見ていたら、大きなため息が出た。

……違う。違うよね。
私は本当は、わかっていた。
洋治も、澄恵も、何も悪くない。
ただ一生懸命仕事をして、お互いを好きになっただけ。
そして私は、勝手に自滅しているだけだ。
はっきりと確かめることもできないまま、自分の気持ちを洋治に伝えることもせず、逃げたのだ。
　ふたりのことを、知るのがこわくて。
　聴きたくなくて。

　私はカバヒコの耳を、なで続けた。
　カバヒコ、助けて。
　自分にとって苦しい現実を、受け付けようとしなかった耳。
　不安という想像力に押しつぶされて、ふさがってしまった耳。
　そのせいで、自分の声ばかりを聴いている耳。
　外への感情は、すべて自分自身に跳ね返ってくる。
　カバヒコ、助けて。リカバリーして。
　人の幸せを願う私に、どうか戻して。

　翌日、自宅に封書が届いた。
　会社からだった。退職勧告かもしれないと怯（おび）えながら封を切ると、中からまたさらに封筒が出てきた。

「お客様からのお手紙です。転送します」と、総務部からの付箋がついていた。

差出人は、稲代さんだった。

体が硬直した。稲代さんが私に何か言いたいことが。クレームだろうか。

しばらく封筒をじっと見たまま、動けなかった。

筆で書かれた大きな文字。

大柄で大声の稲代さんが、そのまま表れているような。

私は意を決して食卓の椅子に腰かけ、ゆっくりと便箋を開いた。

新沢ちはる様

ご無沙汰しております。

挙式で担当していただきました、稲代です。その節は大変お世話になりました。

先日、御社に用事があってお電話したところ、新沢さんが体調を崩されてお休みになられていると聞き、驚いております。お加減はいかがでしょうか。

その後、きちんと御礼もせず失礼いたしました。

結婚の日を迎えた私は感極まってしまい、前の晩から一睡もできなかったうえ、大勢の来賓を前にしたら、緊張のあまり倒れそうで我が身を支えるのに必死でした。

まったく、図体ばかりでかくてノミの心臓です。

おかげさまで、挙式は本当に素晴らしいものでした。親戚や友人からも、とても良い式だったと言ってもらえました。

しかし、私がもっともっと素晴らしいと感じたのは、挙式に至るまでの新沢さんとの打ち合わせです。

そのことをお伝えしたく、筆を執りました。


ご存じのように、私は初婚です。

生涯、独身を貫くのだろうなと思っておりました。それも悪くはないだろうと。

それが五十過ぎにして優菜と出会い、ひと目で恋に落ちました。

お恥ずかしながら、私にとって初恋です。

私なりにアタックをしましたが、あのとおりの美人です。周囲からは「無理だ、あきらめろ。つきあえるわけがない」とさんざん言われました。

そしてどういうわけか相手にしてもらえるようになってからも、「遊ばれているだけだ。結婚なんてできるわけない」と笑われていました。

「無理だ」「できない」と言われることに、私は慣れてしまっていました。

私が何をしようとしても、人からはそう思われてしまうのだと。

やっと果たせたこの結婚だって、「どうせ続くはずはない」とはっきり口にされたこともあります。


でも、新沢さん。

あなたは、私がどんな無茶な要望をしても、決して「無理です」とは言わなかった。

希望を叶えるために、誠意を込めてなるべく近い方法を一緒に探してくれた。

そんなのできるわけないと、私でさえ思うようなことでも、です。


私がお出ししたリクエストはすべて、優菜のものでした。

口下手な彼女に代わって、私が説明していたのです。

私は優菜を喜ばせたくて必死でした。彼女は再婚です。一度目のときは、入籍だけで挙式はしなかったそうです。

一生に一度の最高の結婚式を、私は優菜にプレゼントしたかった。

そんな気持ちであれこれと相談していましたが、いつしか、私自身が新沢さんと一緒にウェディングプランを練ることが楽しくなっていました。

新沢さんの祝福してくださるお気持ち、ふたりにとって大切な一日なのだということを理解してくださっている想いが、いつも私たちに伝わっていました。


どうもありがとう。

優菜も、いい担当さんと出会えて本当に幸せだったと言っていました。

尻に敷かれつつ、あれから仲良くやっています。これからもそうあってほしいと、私は願っています。誰に無理だと言われようと、新沢さんのことを思い出すと、私たちは大丈夫だという気持ちになるのです。


もしかしたら、私共の挙式のあたりでもお体がおつらかったのでしょうか。

私は自分のことでせいいっぱいで新沢さんの体調を思う余裕もなく、気がつかずに申し訳ありません。

どうぞゆっくりとお休みになられて、ゆっくりとお元気になってください。

未来の新郎新婦が、新沢さんの復帰を楽しみに待っていると思います。

稲代三郎（さぶろう）

そうなんだ……。そうだったんだ。

「よかった……」

熱い涙がこぼれてきて、私は声を出して泣いた。

挙式当日の、稲代さんの硬い表情は、不満なのかと思っていた。

私は信頼を失ってしまったって。

嬉しかった。私の気持ちが、ちゃんと届いていたこと。

おふたりにご満足いただけていたこと。

ああ、私は、なんてばかな勘違いをしていたのだろう。勝手な想像で、なんて無駄な回り道をしていたのだろう。

ちゃんと真正面から向き合えば、わかることだったのに。

稲代さん。

あなたに「無理だ」と言った人は、ただ稲代さんのことがうらやましかったのかもしれません。

本当は、おふたりがお似合いだと知っていたから。

「………お幸せに」

思わず声に出した言葉が自分の中で反響する。
心からそう思える私のほうこそ、幸せでいっぱいだった。
ありがとうございます。ありがとうございます、稲代さん。
私は手紙をぎゅっと抱きしめた。

その夕方、私はソファでスマホを握りしめていた。
洋治に連絡をしようか迷っていたのだ。
何度となく気にかけてくれる洋治。報告したいことがあると言っていた洋治。
いいかげん、私から会おうと切り出すべきなのではないかと思った。
でも今さら、何をどう言えばいいのだろう。
ラインのトーク画面を開き、考えあぐねていると、いきなり電話が着信した。
びっくりしてスマホを落としそうになるのを、すんでのところでキャッチする。
洋治だった。
私は片手で胸を押さえながら、もう片方の手で電話に出た。
「も、もしもし」
「ああー、ちはる！　出てくれた。よかった。今、家？」

からりと明るい声がする。

「うん」

「今さあ、営業終わって直帰なんだけど。電車に乗ろうとしたらさ、そういえばここ、ちはるの引っ越したとこの最寄りだなあと思って」

洋治は駅の名前を言った。

「もし体調が大丈夫だったら、お茶でもどうかな。ちょっとだけ」

心臓が早打ちしていた。

でも、気持ちはもう、迷いなく固まっていた。

私は駅ビルの中にあるカフェを指定し、そこで待っているようにと告げた。


会うのはひと月ぶりくらいだったのに、なんだか何年も彼の顔を見ていないような気がした。

カフェの窓際に席を取っていた洋治は、美容室に行ったばかりなのか、髪の毛がさっぱりしている。前髪がいつもより短めだ。

そんなささいな変化も、私はずっと見続けていたんだなと思う。いろんな思いは混じっていたけれど、やっぱり一緒にいると幼馴染(おさななじみ)みたいに安心する部分もあった。

洋治は私の体を気遣いながら、社内の軽い近況や、取引先の花屋に二号店ができることなどを話してくれた。

向かい合ってお茶を飲みながら少し会話をしたあと、洋治はあらたまったように姿勢を正した。

「あのな、報告があって」

私も紅茶のカップをソーサーに置いた。

背筋を伸ばし、耳を傾ける。

聴きましょう。

聴かせてください。あなたの話を。

「結婚することにしたんだ。澄恵と。その……子どもができて」

洋治はこらえきれないように、嬉しそうな笑みをこぼした。

ああ、やっぱりそうなのだ。

そう思ったら、自然にぽろぽろと涙が出た。

洋治が驚いている。言葉を失っているようだった。

その表情を見て、やっぱり彼は私の気持ちにはまったく気づいていなかったのだと、がっくりくるようなほっとするような、複雑な思いが交錯した。

戸惑っている彼に向かって、私は泣きながらほほえんだ。

「嬉しいの。気がついてたよ、ふたりがつきあってること」

心を隠しての強がりだった。でも、どこかで本当に嬉しいような気もして、自分でも不思議だった。

洋治は安心した様子で息をつく。

「えっ、バレてたか。ちはるがそんなふうに言ってくれて、俺も嬉しい」

そう言って、小学生の男の子みたいに真っ赤になって笑った。

好きだった。そういう、鈍感なまでに純粋なところも。


あんなにこわがっていた「報告」だったのに、絶対に聴きたくないと思っていたのに、実際にそれを耳にした私は思いのほか心穏やかだった。

今まで私を怯えさせていた不安な想像。

自分はなんてかわいそうなんだと思っていた。

だけど、本当にそうだろうか?

「めし、食えてる?」

洋治が私に問いかける。

「うん……。少しずつ」

「これ、よかったら」

鞄からごそごそと取り出したのは、アンジェリカのクッキーだった。会社のすぐそばにある洋菓子店のもので、朝一番に並ばないと買えない人気商品だ。

特別な日や自分を元気づけたいとき、私がいつも買っているのを洋治は覚えていてくれたのだ。

「療養中に食べ物の差し入れって、むやみにだめかなと思ったんだけど。ちはるはこれ、大好きだから」

「……ありがとう、嬉しい」

「俺も今日、ちはると会えて嬉しかった。結婚の報告は、どうしても、ちはるに最初にしたかった」

私を見つめる洋治を見て、私はハッとした。彼は照れくさそうでもなく、ためらいもなく、真剣な目をしていた。

仕事が終わってからたまたま最寄り駅がうちの近所だと気がついたなんて、嘘ばっかり。このエリアで営業するなら私に会えるかもと思って、そう願って、はじめからクッキーを用意してきてくれたのだろう。

洋治は……。

洋治は、私のことを、同期の仲間として、友人として、大事に思ってくれているのだ。

やっと、本当にそう理解した。信じられる気がした。

そんなことが、私はずっとわからなかったのだ。洋治が自分をどう思っているのか知るのがこわくて、被害妄想で耳をふさいでいたから。

恋人ではなくても、こういう形で洋治の特別になれたことに、心が満たされた。そう思える自分にも、ほっとしていた。

私も洋治を見つめる。

「そんな大切な話を、一番に教えてくれてありがとう」

その言葉だけは、本心だった。今はもう、これでいい。


彼らを心から祝福するには、まだ胸が痛むけれど——。

でもせめて、自分をわざわざ不幸にするのはやめようと、私はそっと耳をさわる。

ちゃんと休んでいい。そして、ちゃんとリカバリーするのだ。


「おめでとう。のろけ話を聴く報酬は、焼肉食べ放題でいいよ」

私がそう言うと、洋治は「ええ?」と頭を掻く。

いっぱいおごらせてやるから、覚悟してなさい。

私はその日をイメージして、ちょっとだけ笑う。本当に、おかしかった。

そんなふうに楽しいことを思い描きながら心と体をメンテナンスしていけば、お父さんのスーツみたいにシャキッとできるような気がしてきた。
とてつもなく立派な想像力を、私はきっと持っている。
だとしたら、それを使って思いやりや優しさをふくらませていこう。
相手のことも、自分のことも、もう少しだけまっすぐ愛していけるように。

第4話　勇哉の足

いってきます、といつものように家を出て学校に向かう途中、ぼくは塀に囲まれた大きな家の前で立ち止まった。

あたりを見回す。誰もいない。

その家のガレージの脇は、通りからはちょうど死角になっている。

ぼくはランドセルから湿布を取り出した。家の薬箱からこっそり持ってきたやつだ。右の靴を脱ぎ、靴下を脱ぎ、足首にぺたりと貼り付けた。

十一月の朝はもう寒くて、湿布のひんやりした感触にちょっと身が縮んだ。

もう一度あたりを見回し、誰にも見られていなかったのを確認すると、ぼくは靴を履き直して歩き出す。

痛くもない右足を、ひょこっと、引きずりながら。

それまで栃木と東京を行き来していたお父さんの本社勤務が決まったとき、もうこのまま東京に腰を落ち着けることになりそうだから家を買おう、という話になった。

「勇哉、転校することになるけどいい？」

お母さんがぼくの顔色をうかがうように訊いてきたけど、べつになんとも思わなかった。普段から学校生活にたいした期待もしていないからだ。

大好きな友達がいるわけでもないし、夢中になれることもないし、どこにいたってたぶん同じだろう。

ぼくが「いいよ」と答えるとお母さんはほっとした表情をして、お父さんと家を探し始めた。

それで、ぼくが学校に行っている間にふたりが決めてきたのがアドヴァンス・ヒルという五階建ての新築マンションだ。

「四階がひとつだけ、空いてたのよ。高台だから眺めが良くて最高」

契約が済むとお母さんは、うっとりとそう言った。

よくわからないけど、家を買うというのはそんなにウキウキすることなんだろうか。

たしかに新しい家は気持ちがいい。でも、栃木の賃貸マンションに比べて少し狭くなったし、お母さんの言う「眺め」だって、豊かな緑ではなく、あふれる民家を見下ろす人工的な風景だ。

もっとも、ぼくにはどっちでもいいことだから特に問題はない。かくして、小学四年生に上がるタイミングで、ぼくは転校生になった。

新生活は予想通り単調で、わくわくするようなことも悲しみにくれることもなかった。

ただひとつ、この小学校に通い始めてから何がめんどうくさいかって、学校行事がやたら多いことだ。

毎月何かしらのイベントがあって、いつもそれぞれに「目的」が提示され、それがぼくたちの成長にどんなすばらしい意義があるのかが朝礼で校長先生から語られる。

運動会や遠足はもちろんのこと、地域住人との交流をはぐくむ「ゴミ拾い大会」とか、集団行動を学ぶ「一泊キャンプ」とか、食のありがたみを知る「田植え」も「稲刈り」もあった。

そして今月、十一月のメイン行事は「駅伝大会」だ。

運動が苦手なぼくは、いいかげんもう、うんざりしていた。

しかし、よくよく聞いてみるとこれは全員参加ではなく、クラスから三人ずつランナーが選出され、六学年が縦割りになった組対抗でのレースらしい。

今回の目的は三つあった。

「体力の向上」、「学年を超えた絆(きずな)を作る」、そして「応援の心を養(やしな)う」。

それならまあ、いい。

体力の向上はランナーに任せるとして、学年を超えた絆は他のみんなに任せるとして、ぼくは応援の心を養おうじゃないか。

ちょっとだるいけど、道の端っこでがんばれと声を出したり手を振ることぐらいはやってもかまわない。

クラスから三人なら、走るのが得意な子がさっさと決まってぼくが選ばれることはないだろう。

そう思っていたのに、困ったことになった。

ぼくのクラスである四年三組からは立候補がふたりしか出なかったのだ。

高杉くんと森村くん、どちらもめちゃくちゃ足が速い。

九月の運動会ではふたりともリレーで大活躍していたから、他の子たちは気後れしてしまったのかもしれない。

「じゃあ、明日くじ引きしましょう。先生、くじを作ってくるから」

担任の牧村先生は明るくそう言った。

教室のほうぼうから「えー」という納得いかない声が上がった。

なのに牧村先生はあっさりとホームルームをおしまいにしてしまった。二十代半ばで、明るくて、そしてちょっと強引な先生だ。

くじって公平に見えるけど、そもそも運なんて絶対に不公平にできてると思う。

ぼくはじゃんけんが弱いし、カプセルトイだってちっとも欲しいものが出てこないし、こういうときの運の悪さには変な確信がある。

もしぼくに当たってしまったら。

そう考えるとがくがくと体が震えて、夕ごはんもほとんど食べられず、布団に入ってもぜんぜん眠れなかった。


イヤだ、イヤだ、絶対にイヤだ。

走るのなんて、あんな苦しいこと大嫌いだ。

ぼくは走るのが遅い。体力もない。

足の速い子は楽しいかもしれないけど、ぼくにとってはまったく苦痛でしかない。自分だけひいひいつらい思いをするのなんて、まっぴらだった。


翌朝、ぼくは心を決めた。

足をねんざしたことにしよう。そうだ、そうしよう。

朝ごはんを食べたあと、お母さんがベランダに洗濯物を干しに行ったのを見計らって、ぼくは薬箱を開けた。

湿布のパッケージを探して中から一枚取り出し、ランドセルに押し込む。

「いってきます」

そう言って玄関に向かうぼくの背中に、お母さんの「いってらっしゃーい」という声が飛んできた。

　大丈夫、湿布を持ち出したことはバレていない。

　そしてぼくは家を出るとすぐ、右の足首に湿布を貼り、ちょっと引きずって歩きながら登校した。


　朝のホームルームでさっそく、牧村先生が教卓の上にくじの箱を置いた。

「先生が席を回っていくから、箱の中からひとつずつ紙を取ってね。開けるのは最後、みんな一斉によ」

　牧村先生は黄色いスカートをひるがえしながら、生徒たちの机を回っていった。みんなしぶしぶ顔で箱の中に手を入れ、折り畳まれた小さな紙を引いていく。

　牧村先生が近づいてくると、心臓が飛び出しそうなほどドキドキした。うまく言い訳できるかな、それとも、運にかけてぼくも箱に手を入れるべきか……。

　箱がぼくの前に差し出された。

「あの」

　からからに乾いた口から、声が飛び出る。

　牧村先生は大きな目でぼくを見た。

　喉からしぼり出すように、ぼくはあらかじめ用意していた「くじを引けない理由」を説明した。

「あの、昨日、学校からの帰り道で足をねんざしちゃったんです。だいぶ複雑にひねったみたいで、しばらく安静にしなくちゃいけないし、駅伝の当日に治っているかどうかもわからなくて……」

「えっ、そうなの？」

牧村先生の顔が揺れた。

ぼくを疑っているのか、心配しているのか、どっちだろう。

頭が熱くなっていくのを感じて何も言えなくなったとき、ぼくの背後で声がした。

「そうかあ。だから勇哉くん、今朝は足引きずってたんだぁ」

斜め後ろの席の、スグルくんだった。

特に仲がいいわけじゃない。ぼくはどちらかというとスグルくんが苦手だ。

何があってもへろへろ笑っていて、髪の毛がいつもぼさぼさでちょっとだらしない感じで、何を考えているのかつかめないからだ。

だけど、スグルくんのその言葉はぼくの気持ちを大きくさせた。

ぼくは急いで右の靴下をめくって牧村先生に湿布をアピールし、痛そうに顔をゆがめて見せた。

「じゃあ、仕方ないね」

牧村先生は箱をぼくから離し、次の席に移っていった。

ありがとう、スグルくん。助けられた。君にくじが当たらないことをせめて祈るよ。

ぼくがそんなふうに祈ってしまったことがかえって逆効果だったのか、くじに当たったのは、あろうことかスグルくんだった。

牧村先生の指示で一斉に広げたくじを見て、スグルくんは大きな声で「おれかぁ！」と叫び、ゲヘゲヘ笑った。

スグルくんが決して運動神経のいいほうではないことは周知の事実で、高杉くんと森村くんは顔を見合わせて困った顔をしていたけど決まりは決まりだ。

ともあれ、これでぼくの駅伝問題はあっさり解決した。

……はずだったのに。


いったいどうしてなんだろう。

二日ほど、右足を引きずって歩いているうち、本当に痛くなってきたのだ。

ひねったなんて大嘘だったのに、なんとなく足首が腫れてきている気もした。

地面に右足をつけるとズキズキしたし、そのうちだんだん、ふくらはぎや膝まで痛むようになってびっくりした。

……ひたひたと、こわくなった。

このまま、足がどうにかなってしまったら……。歩けなくなったら……。

バチが当たったんだ。神様が、怒ってるんだ。

ぼくは不安になって、お母さんに「歩いていたら転んで足をひねったみたいで痛い」と伝えた。

二回目の嘘。でも痛いのは本当だ。

「ねんざ？　湿布貼っておく？」

軽い対応のお母さんに、ぼくは首を横に振った。

薬箱にある湿布で治るものではないことは明らかだったからだ。

「わかんない。足首だけじゃなくて、右足全体が痛い」

するとお母さんは真剣な顔つきになり、近くの総合病院に整形外科があるのを確認して、すぐに連れて行ってくれた。

病院に行くと、簡単な問診のあとレントゲンを撮った。

気難しそうなおじさんのお医者さんが、ぼくの足を見ることもなくレントゲン写真だけに目を走らせ「異常はないね」と言った。

「成長痛だろうね。ずっと痛いわけじゃなくて、一日のうちに数時間ぐらいでしょ」

そう言われるとよくわからなかった。

歩いたりしゃがんだりするときは痛いけど、じっとしてテレビを見ているときはそうでもない気もする。でも、ただ寝てるだけなのに痛むこともあった。

「まあ、安静にしてて。温湿布を出しておくね」

診察はそれで終わりだった。温湿布ってことは、あっためたほうがいいのか。

ぼくはゆっくりお風呂につかったり、言われたとおりに温湿布を貼ったりしたけど、やっぱり良くなる気配はなかった。

お母さんが「あの先生、ちょっといいかげんな感じだったかもね」と言って、翌週、違う病院を探してくれた。

個人で開業している、ネットで評判が良い隣駅の整形外科だ。別のお医者さんに診てもらって意見を聞くことを「セカンドオピニオン」っていうらしい。

今度は元気な若い男のお医者さんだった。またレントゲンを撮り、骨には問題ないことを確認すると、お医者さんはぼくの足をあちこちさわり、屈伸させたりして、どこがどんなふうに痛むのかを聞いてくれた。

「ガソクエンだよ」

お医者さんはデスクの上の紙に「鵞足炎」と書き付けた。

鵞足は膝の内側部分のことで、そこの筋がくっついて炎症を起こしているのだという。

「スポーツ選手によくある症状で、運動しすぎるとこうなるんだ。ちゃんと冷やさないとだめだよ」

もっとわけがわからなくなった。

スポーツ選手だって？　ぼくは運動なんか、ちっともしていない。

それに、前の病院では温湿布が出たのに今度は冷やさなくちゃいけないって、なんで正反対のことを言われるんだろう。何を信じたらいいんだろう。

ぼくは無言のまま病院をあとにした。

もやもやしていたのはお母さんも同じようで、帰り道を歩きながら、ふたりともすっかり気分が落ちてしまった。

最寄り駅に着くと、お母さんが思い出したように「あ」と言う。

「ちょっと、クリーニング屋さんに寄るね。お父さんのシャツ取ってこなきゃ」

言われるままについていくと、ぼくがまだ行ったことのない裏道の先に古い一軒家があった。その一階が「サンライズ・クリーニング」というお店になっている。

お母さんがガラス張りのドアを開けるとカウンターの中におばあさんが座っていて、お客さんらしい、髪の長い女の人と話していた。

ぼくたちに気がついたおばあさんが「いらっしゃい」と言い、女の人が振り返る。お母さんが「あら」と少し笑った。

「こんにちは」

そうほほえみかけてくれた女の人に、ぼくも見覚えがあった。

たしか、同じマンションに住んでいる人だ。

牧村先生と同じぐらいの年かな。

ぼくがぼんやりしていると、お母さんがせっついた。

「管理組合の役員でご一緒してる新沢さんのお嬢さんよ、ちはるちゃん。ほら、勇哉、ちゃんとご挨拶して」

「……こんにちは」

ぼくが頭を下げると、ちはるちゃんと呼ばれたその女の人はにっこりと優しげな笑顔を見せてくれた。

お母さんはカウンターに近づいていくと、お財布からクリーニングの引換券を取り出し、おばあさんに渡した。ぼくもお母さんについて、カウンターまで歩いていく。

カウンターの中で立ち上がったおばあさんは、ぼくのほうを向いて言った。

「勇哉くんっていうの。何年生？」

「四年生です」

「じゃ、十歳か。生まれてからまだ十年しか経ってないんだねえ。あたしなんか、今年で八十だよ、十年前なんて昨日みたいなもん」

かはは、とおばあさんは笑いながら店の奥にお父さんのシャツを取りに行った。そして戻ってくると、こちらにひょいと首を突き出した。

「足、怪我してるの？」

ぼくの歩き方を見てそう思ったのだろう。

ぼくがもじもじしていると、お母さんが代わりに答えてくれた。

「なんだかねえ、よくわからないんですよ。足が痛いって言うから病院ふたつ行ってみたんだけど、どうもはっきりしなくて」

おばあさんが、ビニールに収められたシャツをお母さんに渡しながら答える。

「じゃあ、カバヒコのところに行くといいね」

「カバヒコ？」

「自分の体のつらいところと同じ部分をさわると、あーら不思議、回復しちゃうんだよ」

それを聞いて、ぼくはなんだか、どきどきした。

引っ越してきてから初めての「ときめき」みたいな感情だった。

カバヒコって、何者だろう。ぼくの足が痛いのも、治してくれるんだろうか。

「人呼んで、リカバリー・カバヒコ」

おばあさんは人差し指を立ててそう言ったあと、うながすようにしてちはるさんをちらっと横目で見た。ちはるさんは苦笑しながら続ける。

「……カバだけに」

お母さんが「あはは！」と手を叩いた。

ちはるさんも笑いながら言う。

「よかったら、ご案内しますよ。私もカバヒコにお世話になってるんです」

そうしてぼくたちは、三人で一緒にサンライズ・クリーニングを出た。


店の先には遊歩道があって、そこをまっすぐ行くと、団地の群れが広がっていた。陽が落ちてきたせいで、あたりは幻想的なムードにあふれている。秘密の森へと誘われたような、ぞわぞわするほどの楽しい気持ちでいっぱいだった。

「そこです」

ちはるさんが指さしたのは、団地に囲まれた小さな公園だった。入り口の大きな石に「日の出公園」という文字が彫られていた。

ちはるさんが公園の奥に入っていく。

あとを追うようにしてブランコのそばまでぼくも歩いていくと、公園の隅に、ほんとうにカバがいた。

「なあんだ、アニマルライド」

お母さんが気の抜けた声で笑った。

公園でよく見かける、動物の形をした遊具だった。

足を載せる場所やバネはついていない。ただ上にまたがって乗るだけのカバが一頭だけ、ぽつんとそこにたたずんでいた。

ずんぐりむっくりした体で、大きな口をにへっと横に広げている。

オレンジ色に塗られたペンキはあちこち剝げていて、目の黒いところも部分的に白くなっていたのでまるで笑いながら泣いているみたいに見えた。

「リカバリーしたいところをさわればいいのね？」

お母さんはカバヒコに近づいていくと、下から手を入れておなかをさすった。

ぼくはちょっと驚いて「おなか、痛いの？」と訊いた。

お母さんはけらけら笑って片手を振る。

「違う違う。最近、太っちゃって、お気に入りのスカートが穿けなくなっちゃったのよ。スマートになるのは難しいだろうけど、せめて元のサイズに戻してもらおうと思って」

お母さんは立ち上がり、カバヒコを見て「おもしろい顔ねえ」とつぶやいている。カバヒコが本当におなかのお肉をなんとかしてくれるなんて信じていないみたいだ。

でもぼくは、のんびりとしたその姿になんだかすごい力があるように思えた。

何も言わない、動きもしない、ただの遊具だけど、なぜなのか、カバヒコならぼくの心に寄り添ってくれるような気がしたのだ。

「ちはるちゃんも、カバヒコにお世話になってるって言ってたわね」

お母さんが言うと、ちはるさんは軽くうなずいた。

「ええ。実は今、体調不良で休職してるんです」

お母さんは、あわてて自分の口を押さえた。

ちはるさんが元気そうに見えるから、仕事を休むほど深刻な状況だと思わなかったんだろう。ちはるさんは穏やかにほほえんで続けた。

「でも、もうだいぶ良くなって、そろそろ復帰のめどがついてきたんですよ」

お母さんがほっとした顔で言った。

「よかったわね。いいお医者さんに出会えたのね」

「そうですね、病院にも行っているし薬も飲んでいますけど……。でも、それだけじゃなくて、生活習慣を改善したり、心のありかたを見つめなおしたり、ヨガを始めたり整体に通ってみたりって、そういう時間がよかったんだと思います」

そしてちはるさんは、カバヒコのほうにそっと顔を向けた。

「カバヒコは、そんな私を受け入れて見守ってくれる大事な存在なんです。ちゃんとご利益ありますよ」

ぼくはカバヒコの前にしゃがんだ。

右の後ろ足に手のひらを当てる。

丸みがある円柱のそこは、しっくりと手になじんだ。カバヒコの足を何度もなでながら、ぼくはお願いをした。

どうか、どうか。ぼくの足を、元どおりに治してください。

どこも痛くなく歩けるように。


ぼくはあのくじ引きの日からずっと、体育の授業を見学している。

嫌いな体育を堂々とサボれるんだから喜んでいいはずなのに、ちっともうれしい気持ちになれなかった。

ぼくはきっと、原因不明の難病になってしまったんだ。

あったためても冷やしても状態は変わらない。それどころか、足のことを考えれば考えるほど痛みが増してくるみたいだった。

校庭の隅で体育座りをしていると、クラスのみんながグラウンドをぐるぐると走っているのが見えた。

その中でもひときわ目立つのがスグルくんだ。

顎を突き出して、両腕をおかしな方向に振って、がに股で、フォームがまるでなっていない。一生懸命なのにどう見ても遅くて、ぼくよりもさらに運動神経が鈍そうだ。

なのにどうしてあんなに楽しそうなのかな。本当に、よくわからない子だ。

授業が終わって、みんなが校舎に戻っていくとき、高杉くんと森村くんがふたりで話しながらぼくを追い越していった。

「やんなっちゃうよなあ、スグルの足の遅さ。駅伝、もう終わったかも」

「さっきさ、俺らが朝、自主練で走ってるって知って、一緒にやりたいって言ってきたけどどうする?」

「えーっ、断って。こっちのペースにあいつが合わせられるわけないじゃん」

「だよな」

一緒に自主練すればいいのに。フォームとか、教えてあげればいいのに。

そうは思ったけど、高杉くんと森村くんの気持ちもわかる気がした。

そしてたやすく想像もできた。彼らに断られても、「そっかあ」なんてへろへろ笑うであろうスグルくんの姿が。


数日後、お母さんに連れられて、ぼくは伊勢崎（いせざき）さんという整体師のところに行くことになった。

ちはるさんが「整体に通っている」と言っていたのを聞いて、紹介してもらったのだという。ちはるさんもまた、同じ会社の人に教えてもらったらしい。ホームページなどなく、ほとんどそんなふうに人から人に伝えられている整体院なのだとお母さんは少し興奮していた。

電車で横浜のほうまで行き、知らない駅で降りた。そこから地図を見ながら少し歩いていくと、隠れ家みたいなひっそりした古い家に、「伊勢崎整体院」という小さな看板が出ていた。

チャイムを鳴らすと、黒いTシャツと黒いトレパン姿のおじさんが出てきた。長い髪の毛を後ろでひとつにくくっている。

物静かなその人が伊勢崎さんだった。招き入れられた家の中からは、ふんわりとお線香みたいなにおいがした。

玄関から入ってすぐの和室に、端に穴の開いた細いベッドがある。

お母さんが伊勢崎さんと軽く話をしたあと、彼はぼくに、ベッドにうつぶせになるようにと言った。

穴には、薄い紙がかけられている。そこに顔を向け、ぼくは硬いベッドに寝転がった。

伊勢崎さんはまず、ぼくの足ではなく、首の骨をさわった。背骨、腰へと、指が下りていく。

ぼくの体に指を当てながら、伊勢崎さんは何度か「痛い？」と訊いた。どこも痛いわけではなかった。

正直にそのまま答えると、伊勢崎さんはお母さんに言った。

「隣の部屋が待合室になっていますから、お母さんはそちらでお待ちください」

「え？　あ、ああ、はい」

ぼくは顔を横に向け、様子をうかがった。

伊勢崎さんが家の奥に向かって声をかけた。若い女の人が出てきて、お母さんを案内する。お母さんは心配そうにぼくを見たあと、女の人と一緒に出ていった。

狭い部屋にふたりきりになって、ぼくはちょっとだけ、こわいな、と思った。

伊勢崎さんは、ぼくの周りにはいないタイプの大人だ。

お父さんや親戚のおじさんにもこんな不思議な雰囲気の人はいないし、お医者さんとも、学校の先生ともぜんぜん違う。

「じゃあ、今度はあおむけになって」

こわごわと顔を起こして、天井を向く。

伊勢崎さんと目が合った。

ふ、とやわらかく笑った目尻に、優しいシワができる。

それでぼくは少し安心した。

伊勢崎さんはゆっくりと、ぼくの足を確かめるようにさわっていった。

膝を曲げ、ひねったりもした。やりかたによっては痛みが出て、ぼくがそう言うと、伊勢崎さんは「うん」とうなずき、すぐに違うほうへと足を動かし続けた。

右も左も、両方の足を診終わると、伊勢崎さんは言った。

「勇哉くんの体は今、全体的にゆがみが出ちゃってるんだね」

「ゆがみ？」

「うん。片方の足をかばって歩くことで、筋が張ったり、偏った方向に負担がかかってるんだ。足だけの問題じゃないと思う」

そして伊勢崎さんはぼくの目をじっと見た。

「体と心はすぐそばにあるんだけど、頭だけ、ぽつんと遠くにあるんだよ。勇哉くんの頭は、皮膚や筋肉が緊張しているのを、痛いって間違えてるんじゃないかな」

頭が間違えてる？

そんなことあるの？

皮膚や筋肉の緊張って？

本当は痛いんじゃないのに痛く感じてしまうなんて、どういうこと？

疑問でいっぱいになって、ぼくは何も言えなくなってしまった。

伊勢崎さんはベッドの脇にあった丸椅子に腰かけ、ぼくにほほえみかける。

「なにか、体や心がどうしてもイヤだなって思ってることがあるのかもしれないね」

そう言われて、ぼくはつぶやくように「走るのがイヤです……」と答えていた。

すると伊勢崎さんは、体を少しそらしながら笑った。

「ああ、僕も子どものときはイヤだったなあ！　体育なんて大嫌いだった」

「そうなんですか？」

「うん。だけど今は、運動するの好きなんだよね。朝のストレッチとか、夕方のジョギングとか、体を動かすのが楽しくて気持ちいいってわかったのは大人になってからだよ。決まりきったことを押し付けられてやらされるんじゃなくて、自分がやりたいように自由にやれるまで、ちっともわからなかった」

何かを思い出すようにゆっくりと、伊勢崎さんはぼくに語りかける。

「それぞれの人のそれぞれのタイミングで、体はいつも違うしいろんなことを伝えてくるんだ。そしてほんのちょっとのことで、びっくりするぐらい変わっていくんだよ。いいふうにも、そうでないふうにもね。そのことに気がついたら、体っておもしろいなあと興味を持ち始めて、それで僕は整体の勉強をしたくなった」

丸椅子から立ち上がり、伊勢崎さんは再びぼくの体に手を置いた。

「今日は、基本的なところを整えておくね。でも一回でたちまち治るというものじゃないから、勇哉くんも自分の体と話をしながら一緒に元気になっていこう」

体と話をしながら……？

またまた、わからなくなってきた。

伊勢崎さんはまた、ぼくの体を全身くまなく押したり動かしたりしたあと、さあっと足全体をなでて「はい、今日はここまで」と言った。

「来週、また来てください。宿題をふたつ、出すよ」

「宿題？」

ベッドから起きて立つようにうながされ、伊勢崎さんは体のバランスを整える体操をふたつ教えてくれた。

それが「ふたつの宿題」なのかと思ったら、ぼくと向かい合った伊勢崎さんが「もうひとつはね」と言う。

「足から意識を飛ばす練習」

意識を飛ばす。

ぼくはきょとんと伊勢崎さんを見た。

伊勢崎さんはゆっくりと続ける。

「痛いとか治らないんじゃないかとか、足に意識が持っていかれているとまた頭が間違えちゃうからね。不安な気持ちには、立ち向かうより、そらすってことも大事なんだ」

そんなこと、できるのかな……。

ぼくはじっとうつむいた。気がかりなことは、考えたくなくたってどうしても考えてしまうのに。伊勢崎さんは続ける。

「できれば何か楽しいことに意識を移動させられるといいね。でもそれが難しかったら、まずは目の前のことだけ、集中して考えることからやってみてごらん」

「目の前のことって?」

「毎日なんでもなくやってること。ごはんを食べるとか、歯をみがくとか、授業で黒板に書かれたことをノートに写すとか、いろいろやってるだろ。とにかく、そのときそのときの、目の前のことだよ」

ぼくを連れて待合室に向かいながら、伊勢崎さんは言った。

レントゲンも撮らず湿布も薬も出さないこの整体院では、帰る前に、小さな湯呑みにあったかいお茶を一杯淹れてくれただけだった。


翌日の朝、少し早起きするとぼくは、登校の前に遠回りをして、ひとりで日の出公園に向かった。

カバヒコに会うためだ。

「楽しいこと」なんてすぐには思いつかなかったけど、カバヒコのことを考えるとちょっと安らいだ気持ちになる。

誰もいない公園に着くと、ぼくはカバヒコのところまでまっすぐ歩いていく。カバヒコがぼくを見て笑ってくれたように思えた。

なんだかまるで、約束して待ち合わせしたみたいに。

伊勢崎さんの言うとおり、整体院に一度行ったからってたちまち足の痛みがなくなったわけじゃない。だけど昨日はぐっすり眠れて、気分がすっきりしていた。

体と話をするって、どうやってやればいいんだろう。

走るのがイヤで、駅伝に出たくなかったっていうことは、間違いない。それは体も心も、そして頭だって、みんな同じだったはずだ。

そしてぼくはくじ引きからうまく逃れて、ただ道の端で応援するだけなのに……「イヤなこと」はもう、しなくてよくなったのに。

ほんとは痛くないのに痛いって、頭はなんで間違えちゃうのかな。

ああ、結局足のことを考えている。意識を飛ばすのって、難しい。

ぼくはカバヒコの前にしゃがみ、カバヒコの後ろの右足をすりすりとなでながら、思わず話しかけた。

「走るのがこんなにイヤなんて、ぼくはほんとに弱虫でダメだな……」

すると、「ダメじゃないぞ」と声がした。

びっくりした。

カバヒコが、しゃべった？

あたりを見回すと、いつのまにか、ブランコのそばにスグルくんがいた。

「走るのがイヤだと思うことなんて、ぜんぜんダメじゃない。イヤなもんはイヤだろ」

スグルくんはそう言って、上着の袖口で鼻水をぬぐった。何度もそうしているのか、袖口はもう、かぴかぴになっている。

ぼくはしゃがんだまま訊ねる。

「スグルくんも、本当は走るのイヤなんじゃないの？　駅伝なんか、出たくないって思わないの？」

うーん、とスグルくんは首を傾けた。

「べつに、イヤじゃないよ」

「でもスグルくん、走るのそんなに得意そうじゃないし……」

「そう、おれ、足遅いんだよなあ」

だよね？　走るの遅いってわかってるのに、どうして平気なんだ？　ぼくはその言葉を飲み込みながら訊ねた。

「……だって、みんなが見てる中を走らなきゃいけないんだよ？」

「うん？　ああ、そうだねえ」

スグルくんは、へへへ、と笑った。

「駅伝、やったことないからさ。おれに番が回ってきたから、まずはやってみるっていう、それだけ。もしかしたら楽しいかもしれないし、やっぱりすごくつらいだけかもしれないし、でもそれってやらないとわかんないじゃん」

それを聞いてぼくは、なんだか息が止まるみたいな思いがした。

言葉も出ず、動くこともできず、まるでカバヒコと一体になったみたいに固まっていると、スグルくんは急にちょこちょこと足踏みをし始めた。

「じゃ、おれ、ここから走っていくから。自主練、自主練。この公園を折り返し地点にしてるんだ。あとで学校でね！」

スグルくんは公園を去っていく。

自主練として、登校のときに遠回りして走ってるんだ。

ひとりで、ランドセルをしょったまま。


やっと、わかった。

ぼくの体と心が本当にイヤだったのは、走ること自体じゃない。

ただ、みんなにカッコ悪いところを見られるのがイヤだったんだ。

走るのが得意な子たちの中、もしもランナーになってしまったら、ぼくが出たとたん、あっというまにビリになってしまうだろう。

全学年の同じ組の子たちの怒りを買い、見ている人たち全員から笑われ、駅伝当日だけじゃなくこれからのぼくの学校生活は絶望的になるだろう。

ぼくの頭は、そう考えたんだ。

だからそんなこと、どうにかして避けなくちゃって。


スグルくんは、そんなことちっとも気にしていない。みんながどう思うかなんて。

他の誰もやりたがらなかったランナーを、文句ひとつ言わず引き受けたスグルくん。

得意じゃなくても、やるからには全力で取り組もうとしているスグルくん。

ぼくが足を引きずっていることに、気がついてくれたスグルくん。

ぼくはスグルくんの強さも優しさも、まったくわかっていなかった。


カバヒコに頭を押しつけながら、ぼくはこらえきれずに泣いた。

涙と一緒に、勝手に言葉がこぼれてくる。

心と体が、カバヒコに聞いてもらおうとしているみたいだった。

「ぼくは……ぼくは、どうやったら自分が駅伝に出なくてすむかってことばかりで……嘘をついて…それが思い通りにいったことで、ますます苦しくなって……」

そこではっとした。

今ぼくは、なんて言った？

ああ、そうか。そういうことなんだ。


体が緊張しているのは、ずるいことしたって罪悪感でびくびくしているからだ。

頭が、間違えちゃったんだ。

ホントのホントは、嘘なんてつきたくなかったんだ、そうだ、ぼくは……。

そういう自分のことが、イヤなんだ……。


次の週、ぼくはまたお母さんと一緒に伊勢崎整体院を訪れた。

伊勢崎さんからの「ふたつの宿題」は、ぼくなりに仕上げてきたつもりだ。

体のバランスを整える体操は、朝、学校に行く前と、夜、お風呂に入ったあとの二回、毎日こなした。

そして「足から意識を飛ばす練習」は、伊勢崎さんの言うとおり、目の前のことに集中するように心がけた。

びっくりした。意外な効果の連続だった。

たとえば、ごはんを食べるとき、何が入っていて、どんなふうに調理されているかをちょっと注意して見るだけで、前よりもおいしく感じた。歯をみがくとき、歯のことだけを考えていたら一本ずつていねいにブラシを当てようという気になった。授業中、黒板に書かれていることをノートに写すとき、なるべくきれいな字で書くようにしたら内容をすごく覚えやすくなった。

あたりまえのことかもしれない。

でも今までのぼくは、出された食事を特に気に留めずに口に入れていたし、歯磨きなんてささっと適当にブラシをくわえるだけだったたし、黒板をろくに見ていないときさえあったのだ。

そしてその「練習」は、そのときだけじゃなく、普段の生活の中で意識が変わっていくことにつながった。

お母さんがいつもどうやって献立（こんだて）を決めているのか想像したり、歯ブラシの形や大きさにいろんな種類があることを知ったり、今まで好きじゃなかった教科にちょっと興味を覚えたり。

爪を切るときの自分の指の曲がり方、鉛筆の芯のにおい、傘にあたる雨音。目の前のいろんなことに集中してみると、それまで気がつかなかった発見がたくさんある。そうしているうちに、足のことを気に病む時間が少しずつ減っていった。

そして伊勢崎さんのところに行くころにはもう、足にとらわれなくなっていた。あんなに悩んでいたのに、いつのまにか痛みを忘れて、なんだか体がほかほかしていた。

前と同じようにふたりきりになった部屋で、うつぶせのぼくの体に手を当てた伊勢崎さんは「おぅ」と息をもらした。

「すごいな。一週間でこんなに整えてくるなんて、びっくりしたよ。体のこわばりもずいぶん取れて、やわらかくなってる」

ぼくはうれしくなって、顔だけ伊勢崎さんのほうに向けて得意げに言った。

「ぼくの足、リカバリーしましたか」

伊勢崎さんは「ええ?」とちょっと笑ったあと、大きくうなずいた。

「そうだね、リカバリーしたよ。お見事だ」

「じゃ、これで元どおりですね」

カバヒコにお礼を言いに行かなくちゃ。

にやにやしながらベッドの穴に顔をうずめると、伊勢崎さんは穏やかに言った。

「ちょっと違うかな。人間の体はね、回復したあと、前とまったく同じ状態に戻るというわけじゃないんだ」

「えっ」

「病気や怪我をしたっていう、その経験と記憶がつく。体にも心にも頭にもね。回復したあと、前とは違う自分になってるんだよ」

ぼくは戸惑った。

穴から少しだけ顔を抜き、伊勢崎さんに訊ねる。

「前とは違うって、良い自分なんですか、悪い自分なんですか」

「それは僕には決められない。ただ、その人が良い方向に行くようにと願いながら、僕はこの仕事をしてる。少なくとも勇哉くんは、足が痛くなる前にはわからなかったことが、わかってきたんじゃないかな。だから、それをこれから良いほうに活かしていってくれたらいいな」

伊勢崎さんはそれから黙って、ぼくの体をていねいに押し続けた。

ぼくは伊勢崎さんの指を背中に感じながら、ぼんやりと、リカバリーのそのあとのことを考えていた。


翌朝、ぼくはまた早起きをして、日の出公園に向かった。

そしてカバヒコにひとこと、心を込めてお礼を言うと、背中に座ってスグルくんが通るのを待った。

ブランコ、すべり台、砂場、ベンチ。小さな公園に置かれたそれらは、どれも古くなっている。

この公園、何年前からあるんだろう。カバヒコって何歳なのかな。

そんなことを思っているうち寒くなってきて両腕をさすり始めたころ、公園の植え込みの向こうを走っているスグルくんの姿を見つけた。

ぼくはカバヒコから飛び降りる。

公園の外に出ようとすると、中に入ってきたスグルくんと向かい合う形になった。

「あれえ、勇哉くん」

「お、おはよう」

「おはよう。またここで会ったねえ」

スグルくんは息を切らしながら、うれしそうにそう言った。

「スグルくんが来るかなと思って、待ってたんだ」

「ええー？　おれのこと待ってたの？　なんで」

ぼくはぎゅっとこぶしを握り、スグルくんを正面から見る。

「あの、あのさ。駅伝まであと一週間だろ。自主練、ぼくと一緒にやらないか」

「勇哉くんと？」

口をぽかんと開けているスグルくんに、ぼくはうなずく。

「ぼくも走るの苦手だから、正しいフォームとか教えることはできないけど……一緒に走ったら、楽しいかもって思ったんだ」

スグルくんは「ひゃあ」と変な声で叫んで、両手をぶんぶんと振った。

「ほんとに？　うれしいなあ！」

小躍りしているスグルくんを見て、ほっとした。

迷惑がられたらどうしようと思っていたけど、思い切って言ってよかった。

スグルくんは振り回していた手をふと止めて、心配そうに訊ねてくる。

「でも勇哉くん、ねんざはもう大丈夫なの？　それに走るのイヤって言ってたよなぁ」

ぼくはきっぱりと答えた。

「大丈夫、リカバリーしたんだ。もう、前と同じぼくじゃない」


ぼくたちは、通学路から少し外れた川沿いの道を自主練のコースに決めた。朝、ランドセルは持たずに集合して、しっかり走ってからまた家に帰り、登校する。

自分たちなりに、姿勢とか足の踏み出し方とか、あれこれ相談しながら練習を重ねていった。それが合っているかどうかはともかく、確実に、ふたりとも走ることに対して体が慣れていくのがわかった。

そして……そして、思っていた以上に、ぼくは楽しかった。

スグルくんと一緒に並んで走ることが。

まだ薄暗い朝に早起きするのも、寒いのも、正直なことを言えばそのときは「いやだなぁ」って思ったりすることもあったけど、それでもスグルくんと会ってふたりで話しながら川沿いで体を動かすことが、とってもうれしくて、気持ちよかった。

駅伝大会の前日、自主練を終えるとスグルくんが言った。

「勇哉くんも、これですっごく足が速くなっちゃうな！」

スグルくんらしいポジティブな発言に、ぼくは笑ってしまった。

「そうだといいな。駅伝には参加しないけど」

するとスグルくんは、ちょっとびっくりしたみたいに目を見開いてぼくを見た。

「えっ、もう参加してるだろ。おれのこと、こんなに応援してくれてるじゃん」

「……………そうか」

「そうだよ！　勇哉くんがそばにいて見てくれてるって、すげぇ、がんばれる。不思議だなあ、走るのはおれひとりなのに、応援してもらえてるとひとりじゃない力が出るんだ」

スグルくんは力こぶを作るみたいに腕を振り上げ、満面の笑みを浮かべて言った。

「ありがとうな！」

ぼくはなんだか胸がつまって、ただ小さく「うん」としか言えなかった。

こちらこそだよ、スグルくん。

応援することでもっともっと力をもらったのは、きっとぼくのほうだ。


駅伝大会当日。

学校近くの広大な緑地公園が開催場所だ。

ぼくは割り当てられた三組の応援列に混じり、みんなと一緒に掛け声をかけていた。

一年生から三年生までたすきをつなげ、四年生の高杉くんに渡ってから、三組はなんとトップを走っていた。声援に熱がこもる。

応援列から離れた場所で、高杉くんがスグルくんにたすきを渡すのが見えた。

取りそこないそうになるのを必死でキャッチするスグルくんに、高杉くんが「ちゃんとしろよ！」とかなんとか、叫んでいるらしいのが見て取れる。

ぼくの手に汗がにじむ。

スグルくん、がんばれ。

すぐ、ランナーのひとりに追い抜かれた。それまでせっかく先頭だったのに。

ぼくの周囲から、がっかりした声が流れてあふれ出る。

懸命に手足を動かして前へ進むスグルくんを、ぼくは喉が裂けるぐらい大きな声で応援した。

そのときだった。僕の目の前で突然、スグルくんの足がもつれて、転んだ。

ギャグかと思うような派手な転び方だった。見ている大勢の人たちから、わあっと声が上がる。爆笑と、怒りの混じった悲鳴の両方だ。

前のめりに倒れたスグルくんは、カエルみたいな恰好で手足を地面にびたんとつけた。ぴくぴくと体をふるわせながら、なんとか体を起こそうとしている。

「スグルくん！」

ぼくはとっさに、応援列の前に張ってあるロープから飛び出した。

何も考える余裕がなかった。

気がついたら、スグルくんに駆け寄っていた。

ぼくがスグルくんのそばに行くと、スグルくんは倒れ込んだまま体をよじらせ、ぼくから逃げた。

「く、来るな！」

「えっ」

あからさまな拒絶にぼくが足を止めると、スグルくんは言った。

「だめだよ、さわったら失格になっちゃうだろ。まだいけるよ、おれ」

またひとり、他のランナーがぼくたちを追い抜いていく。

スグルくんはよろよろと立ち上がり、足を引きずりながら走り始めた。


ぼくはひとつ、息をつく。

そしてランナーのじゃまにならないよう、応援列ロープぎりぎりのコースの端っこまで行き、スグルくんを横に見ながら……。

ぼくも一緒に、走った。


スグルくん、がんばれ、がんばれ。

ぼくもいるから。

見てるから。

そばで応援してるから。

自分でもおかしなことをしているとわかっていた。

応援列から「なにやってんだぁ」というあきれた声や、大きな笑い声が聞こえてくる。

でもぼくはかまわずに、スグルくんの横で彼に合わせて走り続けた。

「駅伝、やったことがないから」って、スグルくんは言っていた。

楽しいかつらいか、やってみないとわからないから、まずはやってみるって。


サンライズ・クリーニングのおばあさんが言ってたみたいに、ぼくらは生まれてからまだ十年しか経っていなくて、知らないことばっかりで、これからたくさんたくさん、いろんなことに出会って、いろんな気持ちを味わっていくのかもしれない。

何が好きで、何が苦手で、何が楽しくて、何がつらいのか、試しながら覚えていくんだ。

誰かの目を気にして、カッコ悪い自分を見せないように、笑われないようにって縮こまっていたらきっと、それがどんなことなのかわからなくなってしまうだろう。

だから、ぼくがぼくを決めていく。

これから、ひとつずつ。


スグルくんは、重心の定まらないおかしな走り方で、腕にも足にもあちこち擦り傷がついていて、よだれも鼻水も、だらりと垂れていた。

だけどしゃんと前を向いてなんだかちょっとだけ笑っていて、そんなスグルくんをぼくは、最高にカッコいいって、思ったんだ。

第5話　和彦の目

サンライズ・クリーニング

見るために遠ざける。

人間の体の機能っていうのは、おかしなものだ。白い紙の上に止まった羽虫のような活字を目で追いながら、俺は書類を持った手をぐいっと向こう側へと離す。

自然にそんなふうに手が動くようになったのは、五、六年ほど前だ。スマホの画面もレストランのメニューも薬の瓶も、そして校正刷りも、小さな文字がみんなぼやけて、読もうとするたび自分から遠くなっていく。


「溝端（みぞばた）さん、ゲラチェックお願いします」

編集部員の高岡（たかおか）が、Ａ３の紙束を俺のデスクに置いた。

ゲラとは、出版物を実際のレイアウトに流し込んだ校正刷りのことだ。俺は「おぅ」と生返事をしてそれを手に取る。

都内の出版社、栄星社（えいせい）に勤務して三十年が経つ。大学卒業後に入社してから営業部に五年所属したあと週刊誌の編集部に異動になり、十年前、月刊情報誌『ラフター』の立ち上げから編集長になった。

情報誌編集は学生時代からの念願だった。奥付の「編集長・溝端和彦（かずひこ）」という名前表記には、毎号誇らしい気持ちになる。

しかしここ数年、若い頃のようには無理がきかなくなってきているのも感じていた。このところ特に体も心もきつい。常に疲れが重く残っているし、ちょっとしたことですぐにネガティブな気分に襲われる。つまり、余裕がないのだろう。酒を飲んでも払拭（ふっしょく）できず、肩こりはもう慢性化してしまった。

十二月に入って寒さも厳しくなり、重ね着をした服の下にはさらに地厚（じあつ）のインナーが欠かせない。ズボンの下にも、股引（ももひき）のようなスパッツを穿くようになった。血行や代謝が悪いのだろう、あきらかに昔より体が冷えやすくなっている。

ゲラの店舗紹介を読みながら気になったところがあったので高岡に声をかけると、彼が着ているのはさらりとした綿シャツ一枚だけなことに気づいて少し驚いた。

たしか、高岡は三十歳になったばかりだ。五十二歳の俺より、二十歳以上も年下ということになる。成人ひとり分だ。

俺に呼ばれてデスクにやってきた高岡は「なんすか」と言いながら、細面（ほそおもて）を向けた。

俺は記事の写真に指をやる。

「このパリウスってのだけど……」

すると高岡はそっけなく答えた。

「パじゃなくてバです。バリウス」

「……あ」

濁点を見間違えた。最近、こういうことが頻繁に起きている。

顔をしかめながらゲラを少し遠ざけた俺に、高岡がふっと笑った。

「ああ、老眼っすか？」

まったく、こいつはモノをはっきり言いすぎる。なんだ、鼻で笑いやがって。

返事をせずにいると、高岡はまるで親切心かのように言った。

「早めにケアしたほうがいいですよ。見えづらいと表情も険しくなって皺できるんで」

やかましい。何をわかったようなことを。

文字の見づらさに気が付いたのは四十代半ばに差し掛かったころだ。裸眼の視力は左右共に0・5ぐらいだが、老眼が始まっている自覚はあった。急に老眼鏡を使うとあからさまに老けたと思われる気がして、遠近両用のコンタクトレンズを買ったことがある。しかし、装着してみると手元も遠くもよけいにぼやけるようで使いにくかった。それで自分には向いていないと思い、一週間のお試し期間であきらめてしまった。

まだある程度までは大丈夫だ。やれるところまでやるしかない。

黙っていると、高岡がゲラのほうに首をひょいと突き出した。

「で、なんでした？」

「……いや、店内写真が暗すぎないか」

「あ、それ、あえてそういう照明で有名な店なんですよ。今、カップルとか若い子にすごい人気で」

そんなことも知らないのか、というような口ぶりだった。

気に入らない。おまえだって、一生若いわけじゃないんだぞ。俺は心の中で悪態をつきながら「ふーん」と答える。

つるっとした白い肌、こじゃれた着こなし、情報通の高岡。

誰とでも気軽に話せて、フットワークも軽い。悔しいが、この編集部には必要な人材だ。

憮然（ぶぜん）としている俺をよそに、高岡は「そういえば」と言いながら顔を傾ける。

「ブラマン、新刊が出るじゃないですか」

栄星社で出している漫画『ブラック・マンホール』のことだ。通称、ブラマン。今や我が社の看板ともいえる大ヒット作で、出版界で注目を浴びているウルトラ・マンガ大賞を受賞し、アニメ化されたあとさらに売れ続けている。

「僕、大ファンなんですよね。ブラマンっていうか、作者の砂川凌（すながわりよう）の特集組みたいんですけど、企画書、見てもらえませんか。砂川凌にも会いたいし」

「そういうよこしまな気持ちで仕事するな」

俺は軽くたしなめた。

漫画家や作家、芸能人。たしかに、雑誌編集の仕事をしていると好きな著名人に会えることがある。でもそんな理由で企画を立てていたら、ページに偏りができてしまう。

高岡はくいっと首をかしげた。

「よこしまかなぁ。編集者が熱い想い持ってないと、いい記事にはならないでしょ」

大きな口を叩くんじゃない、若造が生意気な。

言い返したいのをこらえる。若造だからこその大口だ。

俺は「じゃあ、見てやるから持ってこい」と答え、ゲラにもう一度目を落とした。


仕事を終えて、自宅の最寄り駅に着くころには午後九時を過ぎていた。俺は改札を出ると、人通りの少ない商店街のアーケードをくぐる。

四月に、新築マンションの一室を買った。

「アドヴァンス・ヒル」という名前からして高台なんだろうなと察したが、予想を超える見晴らしの良さだった。

値は張ったが、最上階の五階を選んだことに後悔はない。エントランスまでの坂道がきつくても。

それまでは、妻の美弥子(みやこ)とふたり、職場に近い賃貸マンションで暮らしていた。そこと同じ3LDKでも、アドヴァンス・ヒルは床も壁も造りがしっかりしているし、キッチンのディスポーザーや宅配ボックスの便利さに美弥子も嬉しそうだ。

そして新居を構えるにあたって、俺たち夫婦に新しい顔が加わった。

猫のチャオだ。保護猫の迎え主を募集しているのを、美弥子が見つけたのだ。

グレーがかったシマシマの猫で、サバトラというらしい。足と腹の毛は真っ白で、推定生後六ヵ月、人間でいうと十歳ぐらいの男の子だという。たまに短期のパートに出るくらいでだいたい家にいる美弥子は、前から猫と暮らしたかったのだと言った。

駅から続く商店街を抜け、細道(ほそみち)に入り、俺は足を止める。

見上げた先には「サンライズ・クリーニング」と描かれた赤い庇があった。

建物自体は古い二階建ての一軒家で、上が住居として使われている。通りに面した店はもうシャッターが下りており、ベランダ越しに見える二階の部屋には電気がついていた。ぴったりと閉じられた窓には、薄汚れた緑色のカーテンがぶらさがっている。この小さな店の主(あるじ)が住んでいるのだ。ひとりで切り盛りしている、年老いた女店主の顔が浮かぶ。

彼女は今、あの部屋でテレビでも見ているのだろうか。

俺は灯りのついた二階を見つめ、すぐに顔を下ろして歩き出す。

その足で俺は遊歩道へと入り、小さな公園に向かった。

入り口に「日の出公園」と彫られた石板が置いてある。夜も更けて人気はない。

ブランコ、すべり台、砂場。今となってはどこもかしこも古くさびれたこの場所で、子どものころ、よく遊んだ。

サンライズ・クリーニングのある一軒家。俺は、あそこで育ったのだ。店主、溝端ゆきえのひとり息子として。

会社からわざわざ遠く不便になってまでこのエリアに住み替えたのは、大学卒業後、飛び出すようにして家を離れてからずっと疎遠になっていた母親が気がかりだったからだ。

俺は父親を覚えていない。物心つくころにはもう、いなかった。母さんがたったひとりで育ててくれたのだ。

気が強く、明るく、いつも快活でよくしゃべりよく働く母さん。

頼もしい一方で、彼女は常に自分が正しいと決めつけているようなところがあった。

ふたりきりの生活で助け合わなくてはと思いながらも、俺には母さんの押しつけがましさや口うるささが窮屈だった。

しょっちゅうケンカになったり、無視し合ったり、とにかくうまくいかなくなって、就職を機に一人暮らしを始めてからは忙しさにかまけて母さんを顧みなくなった。母さんからも何か言ってくる気配はなく、俺はそのことにどこかでほっとしていた。

三十歳過ぎの結婚の報告も、店舗兼自宅で美弥子を一度会わせただけだ。思えば、あれが大学卒業後に実家を訪れた最後の日だった。

反対はされなかったが、母さんが美弥子を気に入った様子は見受けられなかったように思う。ろくに目も合わせず、言葉も少なくただ「そうかい」とうなずいていただけだ。挙式もしなかったから、連絡を取る理由もなく月日が過ぎていった。

このままでいいのだろうかと思うようになったきっかけは、美弥子の両親だ。

一昨年（おととし）、共に八十歳になるという段階で、美弥子の兄夫婦が同居を決めた。予想以上に嬉しそうな両親の姿に、自分の中で見ないふりをしていたものが揺さぶられたのだ。

母さんの顔が浮かんで仕方なかった。この先のことを考え始めたら、俺自身がしんどい気持ちになった。

それまで、母さんとのことは俺が夫婦間で避けていた話題だった。言葉を選びながら心を打ち明けると、美弥子は少しだけ黙ったあと、同居してもいいと言ってくれた。

しかし、もともと実家の近所に住んでいて普段から両親と交流のあった兄夫婦とは違い、俺たちと母さんの場合、いきなりそんな話を持ちかけるのは無理だろう。それで、まずは思い切って近くにマンションを買ったのだ。

引っ越しの一ヵ月前に、勇気を出して母さんに電話をかけた。

住所を告げ、やっとの思いで「何かあったらすぐ行けるから」とまで言ったのに、母さんはちっとも嬉しそうにしなかった。それどころか「別に頼んでないよ」と言われ、マンションに招こうという気もすっかりそがれてしまった。

次の一手を出そうにも何も思いつかず、ますます険悪なムードのまま、母さんと俺とはそれきりになっている。

ただひとつ、アドヴァンス・ヒル購入によって母さんに近づいたと感じられるのは、美弥子が時々、クリーニングの衣服を持って店に行き、様子うかがいしてくれていることだ。妻任せなのは申し訳ないが、安否確認ができているのはせめてもの救いだった。俺にやれるのはせいぜい、美弥子の誕生日に人気洋菓子店でケーキを買って帰るぐらいのことで、まったくふがいない。年に一度の祝いを口実に感謝と詫びを込めた十月限定のマロンケーキを、美弥子はどんなふうに受け取ったのだろう。

美弥子とは、栄星社で知り合った。俺がまだ営業部にいた頃、女性誌の編集部にアルバイトに来ていた四歳下の大学生だった。

細かい仕事をきちんとこなし、控え目でいつも穏やかな感じがとても好もしかった。小花柄のワンピースや、袖口にレースのついたブラウスがよく似合っていた。

美弥子は大学卒業後、インテリアの会社に勤め、結婚を機に退職した。四十代後半になった今でも、長い黒髪をひとつ結びの三つ編みにして垂らしているその姿は少女っぽいなと思う。

しかし「控え目で穏やか」と感じたその性格は、裏を返せば無口で本心がよくわからないということでもある。何か怒っているのかと思ったらただ眠いだけだったり、困ったことにその逆もしかりだ。むろん、俺の愚鈍さも行き違いの要因なのだろう。ふたりとも若かった頃のときめきに満ちたスキンシップなどとうに消え去り、互いを見つめ合うことさえもうほとんどない。

そこに、母さんとの一件だ。これまで長年接点を持たないように暮らしてきた母さんと、今になって急に俺以上に関わってもらうかもしれないという、美弥子に対しての引け目のようなものも否めなかった。

なんだか心許ない気持ちになる。いろんなことがいっぺんに。

俺はブランコの隣に置かれたカバのアニマルライドの前に立った。

スプリングや足載せもついていない、ただのっしりと佇んでいるオレンジ色のカバだ。劣化しているせいで塗料がまだらに剝げ落ち、コンクリート地がむき出しになっていた。最初は真っ黒にペイントされていた瞳もところどころ白くかすれ、まるで涙目みたいに見える。それでも口元はニッと笑っていて、間の抜けた感じを増長していた。

俺はその丸い頭にそっと手をかける。

再びこの街に引っ越してきて、久しぶりに日の出公園を訪れたときは、本当にびっくりした。

カバヒコ。まだいたのか。

なに泣いてんだよ。

あの頃はぴかぴかのオレンジだったよな。目も真っ黒で、泣いてなんかいなかった。

涙目のカバヒコを見ながら、俺は遠い記憶に思いを馳せる。

――リカバリー・カバヒコ。

俺がクラスのいじめっ子から背中を叩かれ、心も体も傷ついて泣いていた頃のことだ。

この公園に新しくカバのアニマルライドが設置された。

そのときに母さんが、人差し指を立てながら言ったのだ。

「この子はね、和彦のためにやってきたカバヒコっていうんだ。おまえの一番の味方だよ。すごい力を持ってるんだよ。自分が痛いのと同じところを触ると、治っちゃうんだから。人呼んで、リカバリー・カバヒコ！」

俺が戸惑っていると、母さんは突然ニヤリと笑い「……カバだけに」と補足した。リカバリーとカバをかけているのだ。それを聞いて俺は、ぷっと吹き出した。

すると母さんは俺をすっぽり抱きしめ、「だからもう、大丈夫！」と言った。

カズヒコの味方、カバヒコ。小学生だった俺にも、母さんが即興でこしらえた作り話だとすぐにわかった。

ただ、そんなホラ話の中にあふれんばかりの愛情を感じ取っていた。それがすごく嬉しかったのだ。以来、カバヒコは俺の相棒となった。

しかし、俺もカバヒコも、年をとった。

……親子関係をリカバリーするために、戻ってきたのにな。

人はみんな老いる。

時間は人にいろいろなものを与えるが、その一方でいろいろなものを奪っていく。

おかしいだろ、今まで俺は、なんでもがんばって克服してきたのに。

いじめられて悔しかったから、必死で勉強していい成績を取った。うちが裕福じゃないとわかっていたから、奨学金で大学に行った。第一志望の栄星社の内定も、美弥子へのプロポーズも、どんなことだって俺は努力して壁を乗り越えてきた。

だけど今、どうやったって打ち勝てない、時の流れに呑まれながら俺は愕然としている。

物忘れがひどくなった頭、階段の上り下りで突然痛み出すようになった足。疲れていると耳鳴りもするし、歯が疼く気がして虫歯かと歯医者に行ったら「歯茎の衰えです」と言われた。

病気や怪我をしても、きちんと治療すれば良くなるという希望がある。でも、加齢によるものですと言われたら、もう、なすすべがないじゃないか。体中に訪れた不具合をのらりくらりとかわせるほどの気力も体力も残されていない。

俺はカバヒコの目をなでる。

せめて老眼、元に戻らないかな。

……そして母さんとの関係も、子どもの頃のように戻れたら。

「なんとかしてくれよ、カバヒコ」

カバヒコは、つらい気持ちを我慢しながら無理して笑っているように見えた。

なんだかせつなくなって、俺はすっと、カバヒコから手を離した。


母さんがマンションに来ると聞いたのは、それから数日後のことだ。

美弥子がどんなふうに誘ったのか、店が終わってから夕飯に招くことになったらしい。

カバヒコのご利益か？　ちらりとそんなことが頭をかすめた。

「ちらし寿司とすき焼き、どっちがいいかしら」

美弥子から事前にそう訊かれたが、答えられなかった。

魚より肉が好きなのは覚えている。

でも、好みも変わったかもしれない。そんなことも、まったくわからない。

俺は緊張していた。少しでも関係が修復できるのなら、ここで一緒に住むことを提案するつもりだった。うまくそんな話ができるだろうか。チャオと遊びながら母さんを待つ。

チャオはいつも、美弥子にはぺったりと身を寄せて甘えるが、俺のことは遊び相手だと思っているようで好戦的だ。がじがじと甘噛みしてきたり、よくわからんタイミングで急に飛び掛かってきたりする。まあ、そんなところもまた可愛いんだが。

猫と暮らす者は全員そう思っているだろうが、うちの猫が一番可愛い。今朝だって、布団に入ってきたときの愛くるしさが忘れられない。俺はチャオの肉球を触る。

だいたい、なんでこんな完璧なフォルムをしてるんだ。三角の耳、丸い瞳、なだらかな背中のライン。なんの前ぶれもなく突然、額を押し付けてすり寄ってきて、そうかと思うとふいっと壁際で座り込んでいたり、風に揺れるカーテンとひとりで戦っていたり。

あとな、取り込んで畳んだばかりの洗濯物にじゃれついたあと、タオルにふみふみと前足を交互に押し付けるの、あれはいったいなんなんだ。まったく可愛いやつめ。

すべすべした肉球に指を当てていると、インターフォンが鳴った。俺はびくっと飛び上がり、それにつられてチャオも体をのけぞらす。

画面に母さんが映っている。はあい、と美弥子が応対し、ロックを解除した。

俺は平静を装い、ソファに腰掛けると新聞を広げた。チャオはすかさず、すぐそばに飛び乗ってくる。

ほどなくして、部屋のチャイムが鳴った。美弥子が玄関に出ていく。

俺はなんでもないふりで新聞に目を落とす。見出しの大きな文字だけが、目の前を通り過ぎていった。

母さんが入ってきた。

潔いまでに短いショートカット。全面の白髪は、銀色に近い。

チャオがソファから、とん、と下りた。

「あれ、猫がいるのかい？」

俺と目を合わせる前に、母さんがチャオに顔を向けた。

ハンガーを片手にした美弥子が、もう片方の手を母さんに差し出しながら言う。

「あ、おいやでしたら、あちらの部屋に連れて行きますから」

母さんは上着を脱ぎ、美弥子に渡した。

「うちの店、年中無休が売りで、おかげさまで忙しいからね。猫の手も借りたいよ」

なにやら的外れなその返答は、不自然なほど声が大きい。

俺や美弥子にはないトーンに驚いたのだろう、チャオは逃げるようにしてさーっと部屋の隅に走っていった。

その姿に母さんは、口を曲げてフンと鼻を鳴らす。

そのとき、美弥子が母さんの上着をハンガーにかけながら言った。

「あら、素敵な刺繍（ししゅう）」

襟元にグラデーションのかかった葉の刺繍が施されている。グレーのコートの上で、緑色のそれは際立っていた。

「だろ」

母さんはまんざらでもなさそうに短く答え、美弥子に促されて四人掛けのテーブルについた。

テーブルの上には、水炊きの鍋が用意されていた。

「お肉もお魚もありますから。野菜もたっぷり」

好きなものを取れるようにという、美弥子の配慮だった。

しばらくたいした会話もないまま鍋に具材が放り込まれ、ひと煮立ちしたところで美弥子が話しかけた。

「あのコートの刺繍、お母さんが？」

母さんがうなずく。

「釘(くぎ)を引っかけて穴が開いちゃってね」

俺は壁にかけられた上着に目をやる。

「自分で穴埋めしたのか」

俺の言葉に、美弥子が「穴埋めって」といさめるように笑った。

「ダーニングっていうのよ。目立たないように繕うんじゃなくて、あえてカラフルな色の糸で刺繍しながら補修するの」

「ダーニング？　へえ」

初めて聞いた。若い世代についていけないのではなくて、疎いジャンルだから知らないというのは久しぶりだった。

母さんは白菜を取り分けながら言った。

「しゃれてるだろ。昔はみんな、そんなふうにあちこち手直ししながら大事に着続けたもんさ。今は物があふれてて、ちょっとでもほころびができるとすぐに捨てちゃう人が多いけど」

「そうだよな。襟なんて目立つところだし」

「まあ、アレンジってやつだよ。葉っぱつけたら、前より気に入ってるくらい」

会話が続いている。鍋の湯気が心まで温めたのかもしれない。

俺は気が緩み、用意していた言葉を口にした。

「たまにはこうして、母さんもうちにめし食いに来れば。もう、ひとりじゃいろいろ大変だろうしさ」

母さんはふと、箸の動きを止めたあとに言った。

「……別に、大変なことなんてないよ。おまえはいつもそうやって決めつけるのが得意だね」

ひゅいっと胸が冷たくなる。俺は口をつぐんだ。

昔からなんでも決めつけてるのはそっちだろ。母さんこそ、相変わらず人をイヤな気持ちにさせるのが大得意だね。

いい感じで話せたと思ったとたんにこれだ。早くも、席を立って別室に行ってしまいたい気分だった。しかし、ここまでセッティングしてくれた美弥子のことを思えばそんなことはできない。

ぴしりとこわばった沈黙が続く。その場に似つかわしくない、鍋の煮えるぐつぐつという平和な音だけが流れていた。

チャオが食卓の脇を横切り、クッションの上に飛び乗っていく。母さんは目を伏せながら小皿の鶏団子を箸で転がし、低い声でこう言った。

「それにこの家、猫がいるじゃないか」

ずくん、と胸の奥が痛む。母さんの忌々(いまいま)しそうな表情が刺さった。

「猫なんか、嫌いだよ。引っ掻くし、噛みつくし、気まぐれだし。そもそもあたしは、どうも猫には好かれないタチみたいでね。まったくなつきゃしないんだから、可愛くない」

さすがにこらえきれなかった。チャオのことまで悪く言うなんて。

俺はカッとなって声を荒らげた。

「せっかくこっちが好意で歩み寄ってやってるのに、なんだよ、その態度は！」

母さんも眉間に深い皺を刻ませる。

「そういうのが余計なお世話だっていうんだよ！」

ますますこじれていく。こんなんじゃだめだと思いつつ、止められなかった。

「そんな意固地になって、可愛くないのは母さんだろ？」

「おまえこそ、いつからそんなに偉くなったんだろうねえっ」

美弥子は何も言わず、その様子をただ見守っている。

「ばかばかしい。もう帰るよ！」

そう叫んだ母さんは、椅子から勢いよく立ち上がったとたん、くらりと倒れた。


俺と美弥子があわてて救急車を呼び、近所の総合病院に担ぎ込まれたあとでさえ、意識を取り戻した母さんは「大丈夫だって言ってるだろ！」と憎まれ口を叩いていた。

しかし、よく動く口とは裏腹に体の不調は認めていたようで、ぶつくさ言いながらも血液と尿、ＣＴの検査を受け、結果が出るまで一時間ほどベッドの上で点滴を打たれていた。

よくよく話を聞いてみれば、ふらつきやめまいはこれまでも仕事しながら時々起きているらしかった。

診察の結果、医師が「貧血と過労ですね」と言った。さしあたって特に問題のあるところはないらしい。大事に至らずほっとしたが、ひとりでやっている店が年中無休だと知った医師は眉をひそめた。

「お年もお年ですし、それはご無理です」

マスクをしているので最初はよくわからなかったが、よく見れば医師はまだ若い。年の頃は高岡ぐらいじゃないだろうか。夜間救急のシフトも余裕でこなせている感じだった。

「……年、年って、それが悪いことみたいに言うんじゃないよ」

医師にそう答えた母さんは怒っているふうではなかった。悲しそうだった。だから俺も、いっそう悲しかった。

そうだよな。年をとるって、悪いことじゃないのにな。

でもやっぱり、無理なことが増えていくんだよ、母さん。

五十過ぎの俺でもそう感じるんだ。八十の母さんは、むしろここまでよくがんばってきたよ。

そう言ってやりたいのをしまい込む。

どうせまた、余計なお世話だと言われるだけだ。

顔色も良さそうなので、母さんはそのまま帰宅となった。うちに泊まったらという美弥子の申し出は、むろん、却下された。

タクシーを呼んでサンライズ・クリーニングまで送ると、母さんはひょこりと美弥子に頭を下げ、裏口へと消えていった。

それが昨日のことだ。俺は今日、何をやっても手につかず仕事を早めに切り上げ、夕方にサンライズ・クリーニングに寄った。

店は開いていた。通常営業をしているらしい。母さんが客と楽しそうに話している姿を遠目に確認すると、俺は中には入らず踵(きびす)を返す。

だいぶ陽が落ちてきているが、まだ五時過ぎだ。俺は日の出公園に向かった。

入口でカバヒコのほうに目をやると、黒いランドセルをしょった男の子がしゃがみ込んでいる。

その後ろ姿が小学生だったころの自分と重なる。ぎゅっと胸が熱くなった。

俺もよく、学校帰りにあんなふうにカバヒコと話をしていた。だって、なんでも聞いてくれるからな。カバヒコは。

意地悪なクラスメイトに対する泣き言や、テストでがんばって百点取ったよって報告や、「父さん」ってどういうものなんだろう、なんてつぶやきを。

この男の子にとってもカバヒコは「相棒」なんだろうか。だとしたら嬉しい。

彼はカバヒコの後ろ足を何度かなでたあと、ぴょこんと立ち上がった。こちらに向けた顔に、どうも見覚えがある。

同じマンションに住んでいる子だと気づいたとき、目が合った。俺は思わず声をかける。

「あ……アドヴァンス・ヒルの」

男の子も俺のことを認識していたようで、ちょっとはにかんだ笑顔でぺこりとお辞儀をしてくれた。俺はなんだか安心して、彼らのそばまで歩いていった。

「ええと、五階に住んでいる溝端です」

警戒されないように自己紹介すると、男の子は小さくうなずく。

「ぼく、四階です。立原勇哉っていいます」

黒く澄んだ瞳が俺を捉える。

まだまだ、まだまだこれからなんだ……この子の人生は。

背がどんどん伸びて、できることがどんどん増えて。

今からだったら、何にだってなれるぞ、勇哉くん。

「……カバと、話していたの？」

俺が訊ねると、勇哉くんは嬉しそうに肩を揺らした。

「カバヒコっていうんです、このカバ」

「え」

俺は目を見開く。どうしてその名前を。

驚きのあまり、俺が次の言葉を探せずにいると、勇哉くんはカバヒコの頭にそっと手を置いた。

「すごいんですよ。自分の体の痛いところを触ると回復するっていう伝説があって」

回復。それって……。

勇哉くんは人差し指をすっと立てて、おどけながら「人呼んで」と言った。

「リカバリー・カバヒコ」

俺は思わず、かぶせるようにその続きを口にした。そして忘れてはならないこの文言を付け加える。

「……カバだけに」

すると勇哉くんは、ぱあっと満面の笑みを浮かべた。

「おじさんも知ってるんだ！」

知ってるも何も……。

あれは、母さんの作り話じゃなかったのか。

「勇哉くん、誰から聞いたの」

「サンライズ・クリーニングのおばあさんから。カバヒコに助けてもらった人、ぼくの他にもたくさんいるみたい。三階のお姉さんも耳の調子が悪かったんだけど、年明けにお仕事復帰するって言ってました」

俺は笑ってしまった。

そういうことか。

すごいな。伝説にまでなったのか、カバヒコ。

おそらく「サンライズ・クリーニングの常連客」という狭い世界で。

しゃがみ込んでいた勇哉くんの後ろ姿を思い出し、俺は訊ねた。

「足が痛いのかい。さっき触っていたけど」

勇哉くんはふるふるっと頭を横に振る。

「ううん。それはもう、治った。自分の歩くところをちゃんと自分で決められるようにって、時々なでてるんです」

しっかりしている。泣き虫だった俺とは雲泥の差だ。

「足、治ってよかったな」

勇哉くんは少し考えたあと、こう言った。

「人間の体ってね、病気や怪我のリカバリーのあと、まったく同じようには戻らないんだって、整体師さんが言ってました」

俺は少しつらい気持ちになった。

その通りだった。生物である以上、抗(あらが)えない自然の理(ことわり)なんだろう。

こんなことは小学生でも理解しているのだ。

もう元には戻れない。

老いた体も、家を飛び出したあとの関係も。

母さんも俺も、それを受け入れられないもどかしさを抱えて苦しんでいる。

俺がうつむいていると、勇哉くんは続けた。

「同じようには戻らないけど、経験と記憶がついて、心も体も頭も前とは違う自分になるんだって」

――前とは違う自分に？

視界がほんのりと明るくなった気がした。勇哉くんの隣で、カバヒコが俺を見上げている。潤んでいるような目で、にいっと笑みをたたえて。

小学生の頃と同じじゃなくても、今の俺たちの向き合い方があるのだとしたら……。もっとちゃんと、母さんに触れていくべきなんじゃないか。たとえまた空気が凍りつくようなケンカになっても。

俺はもう泣いて甘えたりしないし、母さんは幼児(おさなご)にするようにすっぽりと抱きしめてはくれない。当たり前のことだ。時が俺たちをあの頃とは違う自分まで運んだのだから。

経験と記憶。

それなら互いに持っている。じゅうぶんすぎるぐらいに。

俺は勇哉くんに「またな」と片手を振り、サンライズ・クリーニングへ引き返した。

何を言えばいいのかはわからなかった。今はただ、母さんのところに行かなくてはという想いだけ、それだけだった。

店の前に、母さんが座り込んでいるのが見えた。

また具合が悪いのかと駆け寄ろうとしたが、俺はすぐに足を止める。母さんがどこか一点を見つめ、やわらかくほほえんでいることに気づいたからだ。

遠い視線の先には、黒い野良猫がいた。

縁の汚れた陶器の皿で、キャットフードを食べている。

あの皿には見覚えがある。俺がまだこの二階に住んでいたころ、よく食卓に載っていた古い皿だ。ということは、母さんが？　わざわざキャットフードを買って？

頬を緩ませながら猫を見ている母さんを、俺は不思議な気持ちで眺めた。

猫、嫌いだって言ってたじゃないか。嘘つきめ。

しかし、その表情にハッと答えが出て、俺は息を呑む。


見るために遠ざける？

本当は、猫が好きなのか。

だから離れているのか。そんな優しい顔して……。


引っ掻くし、噛みつくし。

忌々しそうに、悲しそうに、そう言っていたっけ。

そうだ。

きっと母さんは、怖いのだ。

あの小さな爪や、小さな牙が。

そして自分は好かれていないと感じることが。


母さんは、求めている相手にこそ距離を置いてしまうのかもしれない。

何かを期待することを恐れ、そして、自分も相手も傷つかないように。

もしかしたら……父さんのことも。

母さんがふと、こちらに顔を上げる。

「ああ、和彦」

ゆっくりと立ち上がった母さんのところに、俺も歩いていく。母さんは今度はふらついたりはしなかったが、なんだかしゅんとした顔をしてこうつぶやいた。

「もうね、店を閉めようと思うよ」

「そんな時間か」

俺は腕時計を見た。六時になる頃だ。

「……そうじゃなくてね、キリのいいところで年内に。さすがに、おまえたちの前で倒れたのはこたえた。お客さんの前でそんなことがあったらと思うと、ぞっとする」

母さんはサンライズ・クリーニングの赤い庇をじっと見た。

店を閉める。この店を、もう畳むってことか。

俺が言葉を失っていると、母さんはスイッチが入ったように、いつものような強気な口調になって言った。

「大丈夫、あんたたちのやっかいにはならないよ。そこそこ蓄えもあるしね」

その気丈な声に、俺も我を取り戻す。

「世話するなんて、誰も言ってないだろ」

「ああ、そうだったね。じゃ」

母さんは早口で返事を投げ、店の引き戸を開けた。とっさに、俺も戸に手をかける。怪訝な顔で俺を見た母さんから目をそらし、俺は言った。

「あ、その……。ちょっと、本を取りに来たんだ」

「本？」

「うん、自分の本棚にあるやつ。仕事の資料で必要になって」

まったくの、でまかせだった。

俺はぐいっと、靴の先を店内に入れる。

母さんは、ふーん、と言ったきり追及はしてこず、カウンターに入って片付けを始めた。

カウンターの奥は、作業スペースになっていた。裁縫道具やアイロン台が置かれたテーブルの横に、重厚な機械が身を潜めているのを俺は知っている。ワイシャツのプレス機、染み抜き機、包装機……。かつて活躍していたそれらには、大きな白い布が掛けられていた。開店当初、父さんと一緒に洗濯から請け負っていた頃の跡だった。

俺は少しだけ逡巡(しゅんじゅん)したあと、カウンター脇から続いている狭い廊下に向かい、靴を脱いで上がった。何をためらうことがあるか。俺の実家だ。

なつかしい空気だった。湿った木材の匂い。上るたびにきしむ階段。遠い記憶が甦(よみがえ)って、なんともいえない気持ちになる。

二階の住居スペースに、久しぶりに足を踏み入れた。

階段を上がったところにすぐ、台所がある。

電気のスイッチを押すと、二、三度瞬きをしてから蛍光灯がついた。

コンロの上には片手鍋がひとつ置かれている。蓋を開けてみると、茄子(なす)の煮つけが少量、くったりと横たわっていた。昨晩の残りというところだろう。

きゅるっと鳴る腹を無視して蓋を閉じ、俺は自分の部屋に入った。

六畳の洋間のそこは、時が止まったように手つかずだった。

ねずみ色のカーテン、スチールの本棚、パイプベッド。小学校に入ったとき、学習机を買ってもらって嬉しかったことを覚えている。俺はそれを大学卒業まで使い続けた。発売日ごとに買っていた漫画雑誌『ルーカス』に目が留まり、手を伸ばしかけてふと気がつく。

本棚に埃が積もっていない。俺が家を出てから何年も経っているはずなのに。

……掃除してくれてるのか、母さん。

下からガラガラと、店のシャッターを下ろす音が聞こえた。

ほどなくして今度は、母さんが二階に上がってくる足音が届く。昔のような軽快なスピードではなく、たん、たん、と一歩ずつゆっくり踏みしめているのがわかる。

『ルーカス』を一冊抜き出し、台所を挟んで反対側にある居間へと向かった。

そこは、俺の知る景色からだいぶ変わっていた。

まず、入り口付近に見慣れぬモスグリーンのソファが置かれている。肘置きの出っ張りがじゃまで通りにくい。こんな大きな家具を、なんでここに。

中央にはこたつが置かれ、なおさら部屋が窮屈になっている。こたつ自体は昔と同じものだったが、掛けてある布団カバーは見たことのない格子柄だった。ソファの正面に設置されたテレビも、ブラウン管ではなく薄型の液晶だ。

「寒いねえ、いやになっちゃう」

母さんが腕をさすりながら現れ、こたつの電源を入れた。

体は大丈夫なのか？

そう訊きたいのに、俺は違うことを口にしている。

「このソファ、どうした？」

「ああ、それね。はす向かいの道枝（みちえだ）さんが、引っ越すときにもう要らないっていうんで、そこに運んでくれた」

「この部屋にはでかすぎないか。居間に入るとき、じゃまだろ」

「体を横にして入れば、べつに」

そっけない受け答えに、俺は「あ、そう」としか返せない。

変な間ができて、母さんがこたつ布団の中に足を入れる。お茶を淹れる気もないらしいが、帰れという雰囲気でもない。

俺はソファに腰を下ろした。座り心地はいい。品質は上等のようだった。

「……本って、それかい」

母さんに言われて、俺は手に持っていた『ルーカス』に目を落とす。

「え。ああ、うん」

母さんは小ばかにしたように笑った。

「好きだったよね、それ。熱心に読書してると思ったら漫画でさ」

「漫画は正真正銘、立派な本だ」

そう反発しながら、高岡のことを思い出していた。

実は『ルーカス』は、うちの出版社から出ている。編集者になりたいと思って、俺が栄星社を受けた理由のひとつでもあった。こんな素晴らしい漫画雑誌を出している出版社で、働いてみたかった。

最初から漫画ではなく情報誌編集を希望していたものの、大好きな漫画家に会えるかもしれない、情報誌なら何らかの形で一緒に仕事ができるかもしれないと思ったところはある。マニアックな作者ほどファンとして質問したいことがたくさんあったし、その魅力をこの手で世の中に知らせたい願望も胸にいっぱいあふれていた。

でもそのベクトルは、いつのまにか別の方向へと伸びていった気がする。

仕事に夢中になればなるほど、自分がいいと思ったものよりも、新情報をいち早くキャッチし、世の中のニーズを把握することを最優先に考えるようになっていた。さして良さがわからなくても「話題だから」という理由で取り上げたコンテンツがいくつもある。もちろんビジネスなのだから、それが間違っているとは言い切れない。だけど……。

本を開くときのわくわくとした気持ちが、純粋ではなくなっているのは確かだ。

――編集者が熱い想い持ってないと、いい記事にはならないでしょ。

高岡の言葉が浮かぶ。

俺は今、高岡のような情熱でページを作っているだろうか。

よこしまなのは、俺のほうかもしれない。あの想いを忘れて、見失って。

「ちょっとトイレ」

母さんがテーブルに両手をつき、こたつから抜けた。

足取りはしっかりしているが、居間の入り口でちょっと壁に手をつく。

「大丈夫か」

「大丈夫」

即答したあと母さんは、顔を少しこちらに向けた。

「ひとり息子だからって、責任を感じることはないんだよ」

「………え」

「おまえが努力家なのは、あたしが一番よく知ってる。手をかけてやれなかったし惨めな思いもさせただろうけど、こんなボロ家からよく出世したもんだよ。おまえの足手まといになるのだけは、絶対にイヤだ」

少しだけ笑みを浮かべた母さんの表情に、心の奥がきしきしと音を立てた。

違う。違うんだよ。

俺はこの家がイヤだったわけじゃない。母さんを嫌いなわけじゃない。

俺だって、母さんがどれだけのものを背負って俺を育ててくれたか、どれだけ俺を励まして支えてくれたか、ちゃんと知ってる、覚えてる。

ただ、ただただだ、うまく伝えられないだけだ。

母さんは部屋を出る直前に、背中を向けながら言った。

「だからもう、お互い好きにすればいい。そうして欲しい」

何も言えないまま、俺はあらためて居間をぐるりと見回す。

ソファの脇には、窓際に向かって三段のカラーボックスが二つ並んでいた。ごちゃごちゃと小物やら本やらが入っている。

このカラーボックスの置き場所も、ソファがはみ出る原因らしい。

何が入ってるんだろうとのぞき込み、俺は思わず「あっ」と声を上げた。

窓際のほうのカラーボックスの下二段に、ぎっしりと並んだ雑誌。

『ラフター』だった。

そっと一番端の号を取る。なつかしい表紙。俺が編集長として最初に手掛けた創刊号だ。

俺は母さんに、自分の仕事のことをほとんど話していない。『ラフター』の編集部に所属になったことも、編集長になったことも、告げていない。

母さんが奥付の名前まで見ているとは思えなかった。だけど、たまたまそんなに熱烈なラフターファンだとも考えにくい。

トイレの水を流す音がして、俺は急いで雑誌を元あった場所に差し込んだ。

しかしあわてた振動で、上に置かれていた缶が落ちた。その中に詰めていたらしい個包装のキャンディが、ばらばらと床に撒かれていく。

子どものころ俺が好きだったハチミツのキャンディだ。俺が落ち込んでいると、なぐさめるでもなくただ「栄養あるから」と言って口の中に放り込んできたっけ。もしかしたら母さんも今、寄る辺ない気持ちになったとき、舐めているのか……。

そんなことを思いめぐらせつつ拾っているうち、母さんが戻ってきてしまった。カラーボックスの前でキャンディをつまんでいる俺が、目の前の『ラフター』に気づいたことは母さんにもばれているはずだった。

母さん、俺な、この雑誌の編集長やってるんだ。

知ってたのか？

知っていて、こんなに前から読んでくれて、全部取っておいてくれたのか。

軽く言えたらいいのに。

母さんだって、「読んでるよ」って、さらっと言ってくれたらいいのに。

簡単なことじゃないか。

でも簡単だからこそできないのだということも、お互いによくわかっている。

「ああ、落としちゃったのかい。まったくおっちょこちょいだねえ」

母さんはそう言いながら窓際に寄り、カーテンを開けて外をうかがった。

「もう、今年も終わるね」

俺は「ああ」と短い返事をする。

年越しぐらいは一緒にしようよという言葉を飲み込んで。


帰宅後、晩飯を食いながら母さんの様子を話すと、美弥子はぽつりとつぶやいた。

「……………心配」

「やっぱり、仕事続けるのはもう、きついんだろうな。店じまいはやむを得ない決断だと思うよ」

「そうかな」

「え」

「仕事、というか」

美弥子は箸を置き、ゆっくりと言った。

「サンライズ・クリーニングは、お母さんの居場所なんだと思う。今、急にぱったりとそれをなくしてしまっていいのかしら」

「だからって、体がしんどいのに続けろっていうのも酷だろ。助けようにも、俺たちをまるで寄せつけようとしないし」

食事を終えた美弥子は茶碗を流しに持って行くと、床に寝そべって毛づくろいをしているチャオのところに歩み寄った。

「私、チャオと暮らし始めてつくづく思うの」

チャオをなでながら、美弥子は続けた。

「与えるだけじゃなくて、受け取ることも愛情なのよね。相手を信頼して、ただ甘えるっていう。大人になればなるほど、そっちのほうが難しくなるんだけど」

ふと、美弥子が顔を上げる。

「ねえ、今からお母さんのところに行かない？」

「今から？」

午後八時過ぎだ。まだ寝てはいないだろうが、これまでそんな行き来もなかったのにそれは突然すぎる。

「お互い好きにすればいいって、お母さん、言ったんでしょう。だったら私、好きにさせてもらうわ」

美弥子は俺を見つめた。

「お母さんに会いたい。今すぐに」

その目は凛と輝いて何の濁りもない。俺の心も呼び覚まされたように動き出した。

「……わかった」

俺はがぶりと茶を飲んで答える。

「俺も、好きにする」

サンライズ・クリーニングの前に着くと、俺たちは裏口に回った。二階の電気はまだついている。

鍵は持っているので入ることはできたが、一応、チャイムを鳴らした。

母さんは二階から下りてきたのだろう、少し間があって、ドアの向こうから「どちら様？」とぶっきらぼうな声がした。ドアに備わっているのぞき窓から見えるはずなのに、しらじらしい。

「俺だ」

そう答えるとドアが開いて、母さんがしかめ面で現れた。

「俺様かね。何か忘れ物？」

「………まあ、そんなところだ」

俺と美弥子の顔を交互に見たあと、母さんはドアから体を離した。「上がれ」ということらしかった。

俺たちを居間に通すと、母さんはこたつに足を入れた。

テレビではニュース番組をやっていた。

「ちょっと、天気予報だけ見せてよ。客足に響くんでね」

俺と美弥子はなんとなくこたつに入れず、ソファに並んで腰かける。

九時前のお天気コーナーがのんびりと流れた。明日の天気は曇り時々晴れ。朝晩は寒気の影響を受けて冷え込むので防寒対策を。

予報を終えた気象予報士が礼儀正しくお辞儀をするとすぐ、俺は単刀直入に言った。ストレートに切り出してしまわないと、最初の一歩が進めない気がしたのだ。

「あのな、店を閉めるって話だけど」

母さんは黙ったまま、テレビから目をそらさない。

「ほんとに、母さんはそれでいいのか」

「……おまえには関係ないだろ」

「でもそうやって客足気にして、店のこと考えてるじゃないか」

「そりゃ、明日はまだ営業するし」

「なあ、母さんがよければ、俺たち……」

「いいんだ！　店にはもう立ちたくない！」

遮るようにそう叫び、母さんはリモコンでテレビを消した。

そしてこらえきれなくなったように声を震わせる。

「こんな老いぼれた自分なんて……こんな弱った自分なんて、お客さんたちに見せたくないんだよ」

母さんが。

母さんが、小さく小さく見える。

俺は思わず立ち上がって母さんのそばに駆け寄りそうになった。でもできなかった。はねのけられるのが怖いのは、俺も同じだった。

一瞬静まった部屋の中で、美弥子が口を開いた。

「違うわ」

張りつめていた空気に、切り込みが入る。

「お母さんの弱さはそこじゃないでしょう」

母さんがぴくりと眉を動かす。美弥子は静かだけれど強い声で続けた。

「お母さんの弱さは年齢のことでも体がしんどいことでもなくて、いいかっこしようとして、つらいとか寂しいとか言えないところでしょう」

意表を突かれた。

美弥子のきっぱりとした物言いに。

母さんは戸惑った様子を見せながらも、口を尖らせる。

「そんなにズカズカと人の心の中に入ってくるんじゃないよ」

「ズカズカ行きますよ。お母さんとはもう長いつきあいなんですから」

長いつきあい？

俺はきょとんとしたが、母さんはこたつテーブルの隅に視線を落とし、ふーっと大きなため息をついた。

「……まあ、そうだね」

そして何かをあきらめたように笑った。

そうだね？

どうなってるんだ？

「あんたたちが結婚してから、月に一度ぐらいのペースでずっとだもんね。美弥子さんがシャツだの毛布だの持って、うちの店に来るの」

美弥子は穏やかにほほえむ。

……知らなかった。

結婚してからということは、もう二十年超えだ。

美弥子は俺には何も言わず、電車に乗ってまでこの店に来てたのか？

母さんの様子を見るために、関係をつなげるために、洗濯物を持って。

そこでひらめくように思い当たった。

俺が手掛けた創刊号からの『ラフター』。知らせたのは、美弥子か。

「客だからね。邪険にはできないよ」

母さんは苦笑いしながら額に手を当てた。

俺は……俺は二十年もの間ずっと、サンライズ・クリーニングできれいになったシャツを着て、ふかふかになった毛布で眠っていたのか。

「私、たくさんいる常連客のひとりですからね」

美弥子が笑う。

母さんは少し視線を遠くに投げ、野良猫を見ていたときと同じようなやわらかい表情を浮かべた。これまで店に通ってきてくれた客たちのことを思い出しているようだった。

「仕事っていうのはね、合った場所で続けていると、お金のやり取りだけじゃない何かが生まれるんだ。人と人とが紡(つむ)ぐものがある。会えること、話せること自体が嬉しくなって、あるところまでいくと、お金じゃないってなるんだ。……なじみの顔が増えて、この店は毎日開いてるから助かるよ、おばあちゃんがいつでもいてくれて頼もしいよって言われて、そのおかげでずっとがんばれたんだ。あたしはいつもここで元気にしていなくちゃって、自分がどこまでやれるかチャレンジするような気持ちだったのかもしれない」

母さんは、肩を少しすくませた。

「でもだからこそね、まだ体が動く今のうちに去るのも悪くないんじゃないかって思ったんだよ。みんなの記憶の中で、元気なあたしのまんま。確かにあたしは、いいかっこしたかったんだろうね」

そこまで言うと、母さんはうつむいた。

「でもやっぱりもう、潮時だよ。こんなに好きな仕事をつらいと思うことがつらい」

美弥子は、壁のフックに掛けられている母さんの上着に少し目をやった。葉っぱの刺繍が施された、グレーのコートだ。

「ねえ、お母さん。チャレンジもすごいことだけど、アレンジも素晴らしいんじゃないかしら」

「え?」

「ずっと同じじゃなくて、少しずつ手を加えて前よりもっと良いものにするの。まず、定休日を作りましょう。八十代だって二十代だって同じ、あたりまえのことです。しっかり働くために、しっかり休まないとだめ」

母さんが、叱られた子どものように下唇をぷっくりと突き出す。でもそこには、安堵の匂いも漂っていた。

「それから……私の手をお貸ししますので使ってください。お店でも、おうちでも」

美弥子はそっと、片腕を掲げる。

母さんが俺を見上げた。様子をうかがうようにして。俺はただ、大きくうなずく。

受け取ってくれ、母さん。

俺たちの気持ちを。

それが今、俺が求める母さんの愛情だから。

母さんから、ふっと笑みがこぼれる。

「……美弥子さんの手、猫ほど役に立つかね」

相変わらずの憎まれ口だ。しかしその目の縁は、わずかに濡れていた。

美弥子は「尽力します」と笑ったあと、すっきりとこう言った。

「大丈夫です。少し休めばお母さんはまた、必ず店に立ちたくなりますから」


数日後、パソコンに向かっていた高岡に声をかけた。

高岡は手を止め、俺のデスクにやってきた。

先日、高岡が出してきた「砂川凌特集」の企画書を手に、俺は言う。

「これな、よくできてた。ちょっと練り直しして、進めようか」

ぱっと、高岡の顔が明るく紅潮した。

「……はい！　ありがとうございます」

本当に、目を見張るような企画書だった。人気だから、話題だからじゃなく、高岡がこの漫画家をいかに愛し、読者に広く届けたいのかが伝わってきた。

俺は引き出しから本を一冊、取り出した。

「さっき、コミック編集部からもらってきた。ブラマン新刊の見本誌、ほやほやだぞ」

「うわ、マジっすか！　もちろん予約はしてるけど！」

コミックを手に取り、嬉しそうに表紙を眺めたあと、高岡はすっと自分から遠ざけた。

帯に書かれた細かい文字を読もうとしている。その仕草が自分のそれと似通っていることに驚いていると、高岡はしれっとして言った。

「あ、僕も老眼なんで。いつもは遠近両用コンタクトしてるんですけど、ちょっと結膜炎できちゃって今日は裸眼で」

「老眼？　おまえ、まだ早くないか」

「今や小学生だってけっこういますよ。デジタル時代で増えてるんですよ、スマホ老眼」

へえ、と相槌を打ちながら、先日の高岡の「老眼っすか？」という笑いを思い出す。あれは、俺を年寄り扱いでバカにしていたわけではなかったのだ。むしろ親近感だったのかもしれない。

打ち解けた気がして俺は、話を振る。

「遠近両用コンタクト、俺も前にやろうとしたんだけどな、なんだか、遠くも近くもぼやけちゃってな」

「それって中心遠用ですか、中心近用ですか」

「えっ……どうだったかな」

　六年以上前のことだし、そんな分け方があったか定かではない。

「僕が使ってるのは中心近用で、手元の文字見るためにはそっちがいいかなって」

「……そうなのか」

　言葉を濁していると、高岡はすべて察したように説明を始めた。

「この数年で、コンタクトレンズってすごい進化してるんですよ。見え方のゾーンが分かれてるのとか、木の年輪みたいに多重度数分布されてるのとか、いろいろあって。ちょっと前まではこんなに種類もなかったし、情報も少なかったし、自分には合わないって、慣れる前にあきらめちゃう人が多かったんでしょうね」

　なるほど。

　それぞれの目の状態に合わせたレンズが増えているというわけか……。

　またトライしてみようか。そんな気持ちになって、なんだか心が軽くなった。

　高岡は饒舌（じょうぜつ）になる。

「でもどう見えるのかって結局、目というより脳の判断らしいですよ」

「脳？」

「たとえば、網戸の向こうのベランダにバケツがあるとするじゃないですか。バケツを見ようとすると、そっちにピントが合って、目の前の網戸が消えるんですよね。で、網戸を見ようとすれば細かい格子が現れる。そうするとバケツは、視界というか、極端な話、頭からいなくなる。人間って結局、見たいものだけ見たいように見てるんですよ」

「ほんとに、勝手だよなぁ」

我が身を振り返りながら俺が笑うと、高岡は言った。

「それでいいんじゃないですか。何が大事で必要か、そのつど選択しながら生きているってことでしょ。なにもかも全部はっきり見てやろうなんて、そのほうが傲慢ですよ」


…………そうだな。

悲しいかな、老眼は元には戻らない。老いに向かうことには抗えない。

でも、アレンジならできるかもしれない。

新しいアイテムと……大事な相棒や味方と、一緒になら。

変わりゆく状況を受け入れて適応していく、そういう形のリカバリーもある。


よく晴れた土曜日、俺は美弥子と一緒にサンライズ・クリーニングに向かっていた。

ふたりで早めの昼食を取ったあと、午後から母さんの手伝いに行くことになった。美弥子だけでなく俺も同行しているのは、家具の移動をするためだ。じゃまに思ったあのソファは、デザインも質も良かった。母さんがちょっと横になるのも楽だろう。悪いのはただ置き場所、それだけだ。

そういえば台所の蛍光灯も切れかけていた。天井の電気を取り替えるのは、母さんには難しいに違いない。今日、電球の型を確認しようと思い立つ。

今は、こんなふうに――。

少しずつ柔軟に往来できるようにしていこう。同居はすぐにはっきりと決めなくていい。距離を取りながら近づく、それも互いの「アレンジ」のひとつだった。

俺の隣で、美弥子が言う。

「おいしかったね、お好み焼きなんて久しぶり」

近所にある「お好み焼きニッコー」という店の評判がいいというので、さっき一緒に行ったのだ。スタッフがみんな明るくて気持ちよかった。高校生ぐらいのくせ毛の女の子が、とても楽しそうに働いているのが印象的だった。彼女に「奏斗くん、お水お願い！」と呼ばれていた男の子も、同じ年頃だろう。

約束の時間まで、まだ少しある。

「ちょっと寄り道していかないか」

俺が美弥子を誘った先は、日の出公園だ。

今まで誰にも言えなかった、子どもの頃の痛みが残る場所へ、ようやく美弥子を連れて行きたいと思えるようになっていた。

石板の前で、カラフルなマフラーを巻いた姿勢のいい女性とすれ違う。

「あ、溝端さん。こんにちは」

声をかけられ、美弥子が会釈を返した。

「あら、今日はおひとりですか。みずほちゃんは」

「ええ、これから出勤なので」

気持ちのいい笑みを残し、女性は公園を出て行った。

「知り合いか?」

「お二階の樋村さんよ。パートタイムでブティックで働いてるんだって」

同じマンションにいても、まだ話したことのない人ばかりだ。

だけど、知らぬ者同士がそれぞれの想いを抱えながら同じ屋根の下で暮らしているんだなと思うと、少しあたたかい気分になった。

俺もな、アドヴァンス・ヒルにひとり、友達がいるぞ。

勇哉くんの顔を浮かべながら、俺は心のうちで得意げにつぶやく。

そしてブランコの隣に美弥子を誘導し、カバヒコを「紹介」した。

「子どもの頃からの、俺の相棒なんだ」

「えっ、そうなの?」

美弥子は顔をほころばせ、カバヒコと目を合わせるようにして腰をかがめた。

不思議だった。今まで、つらいのを我慢して無理して笑っているみたいに感じたカバヒコが、少し照れくさそうな、にんまりとハッピーな笑顔に見えたのだ。

人はやっぱり、見たいものだけ見たいように見ているのかもしれないな。

そう思いながら、俺はカバヒコの前にしゃがんだ。


塗料の剥げた体。あちこちのへこみ、無数のキズ。

どんな強い雨風にさらされても、おまえはずっとここで立っていたんだな。

たくさんの人が、おまえを触っていったんだな。

その姿に自分自身を投影しながら。

おまえはその目で、いろんな人のいろんな想いを、見届けてきたんだろうな。

年季の入った古ぼけた味わいが、なんとも、愛おしかった。

そして俺はしみじみと深く感じ入った。

カバヒコがこんな素敵な姿になるまでの長い長い時間を。


公園を出ようと歩き出したとき、美弥子が自分の三つ編みをつまみ、毛の先を鼻に持っていった。

「あー、髪の毛にお好み焼きの匂いついちゃってる。お母さんにいやがられるかも」

「そうか？」

俺は匂いを嗅いで確認しようと、美弥子に顔を寄せた。

その瞬間、美弥子はぱっと後ずさる。

「こんな明るい太陽の下で、あんまり近くで見ないで。最近、シミとか皺とか、いっぱい出てきちゃってるから」

美弥子は片手を上げ、顔を隠すようにして覆った。

俺はその手を、思わず握る。美弥子が「えっ」と目を見開いた。


俺が美弥子に、美弥子が俺に、触っている。

一緒に年を重ねてきた心強い相棒。これからも、きっとずっとだ。


「そんなもん、俺には見えないよ」

本当だよ。

俺のピントは、そんなところに合わせられてなんかいない。

そして今の俺には、近づけば近づくほどこの世界は、ふんわりときれいだった。

初出

奏斗の頭　「小説宝石」２０２２年１・２月合併号

紗羽の口　「小説宝石」２０２２年４月号

ちはるの耳　「小説宝石」２０２２年７月号

勇哉の足　「小説宝石」２０２２年１１月号

和彦の目　「小説宝石」２０２３年５・６月合併号

青山美智子（あおやま・みちこ）

1970年生まれ。愛知県出身、横浜市在住。大学卒業後、シドニーの日系新聞社で記者として勤務の後、出版社で雑誌編集者をしながら執筆活動に入る。2017年『木曜日にはココアを』で小説家デビュー。同作は第1回未来屋小説大賞入賞、第1回宮崎本大賞受賞。'21年『猫のお告げは樹の下で』で第13回天竜文学賞受賞。同年『お探し物は図書室まで』が本屋大賞第2位。'22年『赤と青とエスキース』が本屋大賞第2位。'23年『月の立つ林で』が本屋大賞第5位。本作『リカバリー・カバヒコ』で第7回未来屋小説大賞第2位。

リカバリー・カバヒコ

2023年9月30日　初版1刷発行
2024年2月5日　　4刷発行

著　者　青山美智子（あおやまみちこ）
発行者　三宅貴久
発行所　株式会社 光文社
〒112-8011　東京都文京区音羽1-16-6
電話　編　集　部　03-5395-8254
　　　書籍販売部　03-5395-8116
　　　業　務　部　03-5395-8125
URL　光　文　社　https://www.kobunsha.com/

組　版　萩原印刷
印刷所　萩原印刷
製本所　ナショナル製本

落丁・乱丁本は業務部へご連絡くだされば、お取り替えいたします。

ISBN978-4-334-10052-0